百年中国记忆
系列丛书

总策划、主编
刘未鸣

副主编
唐柳成　张剑荆　段　敏

百年中国记忆·先烈经典文丛

大地赤心

彭湃散文诗歌选

彭湃 著

中国文史出版社

图书在版编目（CIP）数据

大地赤心：彭湃散文诗歌选 / 彭湃著 . -- 北京：中国文史出版社，
2020.11

（百年中国记忆 . 先烈经典文丛）

ISBN 978-7-5205-2460-5

Ⅰ . ① 大… Ⅱ . ① 彭… Ⅲ . ① 中国文学—现代文学—作品综合集
Ⅳ . ① I216.2

中国版本图书馆 CIP 数据核字（2020）第 209636 号

责任编辑：秦千里

出版发行：中国文史出版社

社　　址：北京市海淀区西八里庄路 69 号院　　邮编：100142
电　　话：010-81136606　81136602　81136603（发行部）
传　　真：010-81136655
印　　装：北京朝阳印刷厂有限责任公司
经　　销：全国新华书店
开　　本：16 开
印　　张：14.25
字　　数：178 千字
版　　次：2021 年 1 月北京第 1 版
印　　次：2021 年 1 月第 1 次印刷
定　　价：45.00 元

编者说明

彭湃（1896—1929），原名彭汉育，广东省海丰人。中国现代农民运动早期领导人之一，毛泽东称他为中国"农民运动大王"。出生于大地主家庭，6岁入私塾，10岁父亲去世，1917年东渡日本，自己改名为彭湃，次年进入早稻田大学，1920年和留日学生组织赤心社，学习俄国革命经验。1921年5月回国后参加中国社会主义青年团，出任海丰县教育局局长。1922年，由于组织学生游行庆祝"五一劳动节"，被撤去教育局长职务。6月开始从事农民运动，当众烧毁自家祖传田契，将自己的农田分给农民无偿耕作。7月组建全国第一个农民协会——六人农会。1923年元旦，领导成立海丰县总农会，并当选为会长，时农会人口有10万人，约占全县人口的四分之一。同年5月广东省农会成立，彭湃获推选为广东省农会执行长。1924年，陈炯明直接下令解散农会禁止其活动。1924年初转为中国共产党党员。在国共第一次合作时期曾担任第一届和第五届农民运动讲习所主任。1926年发表《海丰农民运动报告》。这本书是中国共产党最早的一部农民运动著作。1927年蒋介石发动"四一二"反革命政变后，彭湃参与南昌起义，10月领导海陆丰农民第三次武装起义，建立了中国第一个红色政权——海陆丰苏维埃政府。1928年10月，彭湃到上海，同年底任中共中央农委书记兼江苏省军委书记。1929年8月24日，由于军委秘书白鑫叛变，彭湃被捕，8月30日被秘密枪杀于上海龙华刑场。

　　本书收录了彭湃的主要著作，包括从1921年到1929年他牺牲前的演说、讲话、书信、报告、诗歌。彭湃受过良好的教育，文采风流，著作来自其革命实践的亲身体会和总结，散发着浓烈的生活气息，通俗易懂，生动有趣，比如其经典著作《海丰农民运动》《花县团匪惨杀农民的经过》，可以说是优秀的纪实散文，模范的白话文本，杰出的社会学调查报告，阅读时甚至会叫人忘了这是一份工作报告和政治文献，具有相当高的文学价值。

目　录

散　文

书　信

报　告

讲　演

诗　歌

散　文

劳动者同情会的缘起

唉！今日的教育，早不是贫民阶级——劳动者农夫贫民——的教育，而是贵族官僚资本家的教育了！今日的教育，与贫民分离的太远了！贫民阶级对于现在教育，早无丝毫享受的机会了！今日的教育，不是图平民福利的教育，乃是专教资本家官僚一班掠夺阶级的教育！

现在的教育费，从贫民手中取出者实在不少；但贫民却连丁字都不解！今日的学界——智识阶级，每每言论所提倡脑筋所思索的，皆拥护自家的权利，或作特权阶级的走狗；早已忘了贫民阶级的痛苦！学校的讲演会，地方的教育会，何时有一语涉及贫民阶级的教育事业呢？今日的社会状态，无论同一地方及同一语言的人，常见智识阶级所谈论演说的，贫民阶级好像"鸭仔听雷"①，一些不懂！这岂不是现社会一种怪象吗？教育与贫民分离，这是个铁证！我们知道现代教育的缺陷到了这个地方，特组织劳动者同情会，表同情于劳动者。凡我们能力所能及的，必欲与劳动者协力工作，互相扶助，交换智识，以促成教育和贫民相接近。庶社会的革新，有些希望！

诸君！愿意加入本会者依下列二项请到社会主义研究社报名。

一，十六岁以上六十岁以下具有劳动能力者得入会。

---

① "鸭仔听雷"是当地方言，意即听不懂。

2

二，劳动的时间场所及事件由本社临时酌定。

一九二一年七月三十日劳动者同情会

《晨光》第 2 卷第 1 号，1924 年 1 月 30 日

告同胞

我们今日的时代，是甚么的时代呢？

我们今日的时代，即是世界有史以来未曾经验的一大破坏时代！

"法律"是我们民众自由的敌，即是少数支配阶级——官僚——掠夺平民阶级一个极厉害的道具；同时亦是维持社会阶级的东西。时时都强制我们，压迫我们，使我们当兵，教我们残杀，使我们犯罪，拿我们监禁，处我们死刑。处处无不增长我们的罪恶，所以我们就要破坏"法律"！

我们蒙昧时代，以为"政府"统治我们，可以维持我们的安宁幸福。我们现在晓得"政府"利用法律，来榨取我们的财产，扩充军备。不问我们平民的负担如何，完粮，税契，饷项，军需，公债，种种无不大铲特铲，以供给政府——贵族，官僚，军阀——享福之资，嫖赌饮吹之用。并且强制我们为他们的走狗，为他们征伐异己。不计我的父母妻子，不惜我们的人命肤血，以一钱四分四厘之夥食，使我们一命呼于战场。遂致社会时时酿出种种的变乱，放火，奸淫，掳掠，使我们无时得安居乐业。昔日我们平民早有了讨厌政府之心，政府就利用宗教及教育，向平民鼓吹"忠君爱国主义"，善杀人者，则奖以徽章；战死者，则为开追悼会，或赐以吊慰金，或旌其门闾，或竖碑奖励。而我们受了政府——贵族，军阀，官僚——的愚弄之后，不但变讨厌为欢迎，且对于此种教理及讲义，奉为金科玉律，以为最高道德标准。我们常常挂了一个某督军府、某省长署、某司令部的襟章，就要拿来夸示乡人！质是之由，苟能出入官衙者，咸为社会所欢迎。自我们的祖乃宗，以至于我们，都教子教孙，以做官为荣，以交官接府为人世第一发展之图。政府得此忠君爱国之徒，虚荣好脸之辈为爪为牙，更伸其毒手，今日出差掠契，收粮，明日派勇强题军需，硬派公债，虽相安无事之乡村，亦鸡犬不宁矣！我们养鼠咬破了布袋，我们要保全布袋，当然杀鼠。我们供给政府，反来侵害我们，我们要保全我们，就应当破坏政府！

"国家"这个东西与政府有连带的关系，——国家组织的要素——乃相依并存之物，政府——贵族，军阀，官僚——不但要于其本国内掠夺其本国民，取得荣华富贵之地位；且于国际上，仍要争个优越的舞台，必欲进而征服他国民，统辖全世界方遂其欲。故国际间之冲突，战争，完全发生于国家这个组织。至如世界之文化，学术，亦因国家之区别，成为富强国家的秘诀；同时又成为一种私有财产，各自把持不肯公开。于是文化学术之昌明以阻，世界人类的进化益迟，我们既欲促进人类之进化，当然不可不破坏这个"国家"！

我们除了上述之应当破坏以外，还有一件与之互有连带的关系，为人类最不合理的社会制度者，就是私有财产制度是也。"天地万物不相离也；认而有之皆惑也。"古人说得很妙！夫宇宙一切的物质，当然归我们人类之共同管理为合理，今竟专属于少数特权阶级之手中，而我们无有也。譬如日光，空气，土地三者皆非人力所能创造而成者。日光则任人利用，空气则任人呼吸，至于土地亦当任人自由居住。而竟大谬不然，少数特权阶级田园阡陌，危楼大厦，贫者无立锥之土。然则贫者非至与空气同其比重，游离于空间，总无生存的余地？天下事宁有是理耶！贫者耕不得食，织不得衣，造成屋宇而不得住；富者则反闲游无事，毫无生产，而衣食住自足，此无他，资本主义的经济组织——私有财产制度有以致其然也。

今天，我们无产阶级中，无有不为经济所压迫感受生活之困难者；终日孜孜劳力而三餐不饱者，固属多之；而因生活费之难以支持，至如卖妻鬻子、堕胎，亦层见叠出，甚者抛弃其生存权，而自尽者亦有之。人间悲惨之事，有甚于此者乎！溯其源，归其因，皆资本主义的社会制度之罪恶也。若然，私有财产制度之破坏，更加迫切异常了！

现在社会既经中了这样的病毒，我们就不得不找个治疗的手术——破坏的方法。这个治疗的手术，是甚么东西呢？就是"社会革命"是也。社会革命者，就是实现"社会主义"的一种手段是也。

"社会主义"的派别甚多，其学说也不少。总而言之，皆出于破坏现社会的缺陷——压迫，贫乏，无智——而建设新社会，找出个理想的生活，极乐的天地是也。

今有反对新社会主义者，每每误指"共产主义"为"均富分财"的概念。夫均富分财，不过将现社会各人的私有财产，挪来平均分配而已，根本上仍是承认私有财产制度之存在。共产主义者，举社会一切的东西，为社会所共有，各尽所能，各取所需，无论何人不得而私有之，即是从根本上破坏私有财产制度是也。

反对社会主义者又曰："社会主义是提倡公妻"，一般无知之徒，遂群起而和之。若一读马克思《共产党宣言》亦可了然胸中。马氏谓（以下译意）官僚资本家每每视女子为一种财产，可以卖之买之；他们眼中目中早无了女子的人格。故当社会主义者之提倡共产主义也，即说道"财产可以共有，女子也是财产之一，那么，女子也当然可以共有"！遂以"公妻"二字，自为社会主义者之不法，借为毁谤之术。马氏又谓：资本主义的社会（即现社会）有公妻；共产主义的社会（即未来的新社会）无公妻。试看现社会之妓馆林立，购买人家

6

妇女（不是女子好为娼妓，乃迫于生活出不得已），充为娼妓；资本家、官僚、富豪、商人皆公然滥遂其肉欲，此非资本主义的社会之公妻制度为何？共产主义是反对这种制度，所以不是提倡公妻也明矣。

反对社会主义者又曰："无法律则无以明是非，判曲直，势必陷于纷乱无秩序的状态"。试问：我们今日所争夺诉讼者，为盗贼奸淫者，其原因何在？无非出于私有财产制度，及买卖结婚制度使其然也。人人既无私有财产，从何处而争夺诉讼耶？人人既得饱食暖衣，谁好为盗贼耶？人人皆得自由恋爱而配合，何处有奸淫耶？要之，不过精神病者，或因一时精神之障碍，而至伤杀人。然先将精神病者，送至病院疗治，自无犯罪之人矣。何法律为！而且人类进化而事物益繁，法律都能条条制限吗？若使逐日增加，将来世界就成了法律的藏书楼罢了！

法律既无存在的价值，政府，国家当然归诸消灭。但或者以为宣传此种革命，在世界全体一齐实行革命之时，故无何等问题，若在部分改造之期中，强邻虎视眈眈，恐难免于灭亡。吁！彼未知现今世界之趋势为何？难怪其抱此疑念。夫最近世界之趋势，非国家对抗国家，乃世界之无产阶级对抗特权阶级（官僚资本家）是也。今后之战争，亦非国家之战争，乃世界之无产阶级，与特权阶级之战争是也。最近俄罗斯之实行社会革命也，世界的资本主义国家，不但瞠然莫敢加兵，且防止其国内无产阶级暴动之不暇也。故今日无论何国而实行社会革命，可谓安然无忧者矣！

还有一层，恐怕诸君有时谓："社会主义固然甚善，但是极难做到。"试问：诸君这"极难做到"四字，从何处经验而来呢？譬如筑舍，问于泥匠曰："何日可以造成呢？"泥匠必从脑中总合过去种种的经验，然后才能定个答案。我们今日，若将过去未曾经验之社会革命事业，判为"极难做到"，无乃过于凭空索漠。

7

诸君！有志者事竟成！我们既承认现社会之种种罪恶，种种缺陷，有不得不实行社会革命之决心，我们就应当赶快觉悟！互相研究！互相团结！互相联络！互相扶助而为之！盖社会者，社会人之社会也。社会革命，社会运动，合社会人而运动，而革命之谓也。非个人或少数人，所能成就者。即使之成就，必不是真正之社会运动，社会革命也。我们赶快觉悟！我们赶快结合！我们赶快进行！我们赶快将新社会现在我们的眼前！

《新海丰》第 1 卷第 1 期，1921 年 9 月 1 日

谁应当出来提倡社会主义？ （节录）

　　去年有一位劝学所长对我说道："社会主义我是很赞成的，但必君出来提倡才对；因为君是富家的子弟。我可不行，因为我是贫家的人。"前几天有一位新闻记者又对我说道："我对于社会主义是极表同情的。闻君亦出来提倡社会主义，可是君对于社会主义尚未了解。君住的是洋楼；君食的是农民把血汗换来的白米；君亦配提倡社会主义吗？君是不忠实！君不配来提倡社会主义！"这两位朋友，不用我说，大家都知道他们是智识阶级的主要人物，他们自称都是同情于社会主义。却为什么一个主张我去提倡社会主义，一个否认我去提倡社会主义？……

　　这两位朋友的心理，很可以代表现社会一班人对于社会主义的心理。前一位以为："我家贫，明明是我自己的无能为；出来提倡社会主义，要和那富家均产，大非廉耻，所以不可。"后一位以为："君若要出来提倡社会主义，君就应当首先出来实行给大家看看！把君的家财先拿出来和人家均分！或拿出来做慈善事业！若是住洋楼食白米的人配出来提倡社会主义，终是骗人的话，不忠实！"他们必然是这样着想，才发出这样的话。……

　　社会主义并不是主张社会一部分的改良，是主张全体的改造。所以社会主义不是"个人主义""宗族主义""地方主""国家主义"，是社会的主义。社会主义，是社会一部分有心人，本着博爱的心肠，对于现代社会制度（组织），大抱不平，因而发见一个新的社会组织来代替他。但代替的方法，不是学那慈善家、社会改良家步步来的头痛医头脚痛医脚的方法，是取一种破坏的方法——社会革命。所以凡在现社会制度下生息的人，无论他是皇家的公伯爵，或是市井的贫穷儿，只要他确是抱着不平，确是主张社会革命，都可以出来提倡社会主义。所以提倡社会主义的人，是不能限定那一种类的。我们试看下社会主义运动者的历史，便可无疑。那么，以上两人对我所说的话，都是错了。

……我现在不过把一枝笔靠一张嘴出来提倡社会主义，他们《陆安日刊》记者便在报端骂道："唱高调""太新""离我们的生活太远"；若是我真把家财拿出来运动社会革命，他们又将说我是乱党叛徒，要帮同官府来捉捕我了！……

老实说：我们现在正在盼望那住洋楼食白米的人快出来认真的提倡社会主义！因为他们生在较富的人家，受教育的机会当然比别人多些，或是程度比别人高深些，所以他就应该比别人的觉悟更彻底些，更猛快些！若是受了教育，全无觉悟，专为官僚军阀作走狗；那就太不忠实了！……

《赤心周刊》第 4 期，1922 年 6 月 2 日

"敬惜字纸"

大约是前个星期吧，王同志偶然经过东江各属行政委员公署的门口，拾得一张被人弃在马路上践踏得很污秽的"字纸"，他就把它放在袋里，"敬惜字纸"，在心头念了一声。

他一直回到广东省农民协会潮梅海陆丰办事处的办公厅，看见桌上放着一封东江各属行政委员公署来的公函，打开一看：

"径启者：现据五华县长胡谆呈称：为呈请核示事，现据各区署署长纷纷报称，各农会迨因新谷登场，布告实行减租，十担抽二，又禁止妇女佩带首饰，违者没收，请为设法制止，免酿祸端等情。同日又据低坑保卫团李寿眉呈称：现农会特派员锺某李某等，于七月三日，往周谭利洋各处，并令委任吴汉生（巽同）为抽谷办事员，在利洋吴家祠夜间开秘密会议，歃血盟誓，如前清之三点会匪行动。且到各处宣传，今日实行共产，兄弟们所以每石抽谷四斗，助我势力，以打倒官场，则军饷可以不出。连日又到崑冈寨、张家祠及洑溪大士宫开秘密会，并派员四出宣传抽谷，阻挠军饷，乡民期其利益均沾，大为所动。若不布告禁止，则不特强抽租谷，扰乱乡间，阻挠军饷，亦恐贻误戎机等情前来，据此，后查无异，应如何制止之处，理合检同该会减租布告，备文呈请鉴核，指令祇遵，以免扰乱地方，阻挠公债，实为公便等情据此，当经指令呈悉，该县各区农民协会通告减租各节，殊属不合，除函省农会潮梅海陆丰办事处查明辖饬制止外，仰即先行恺切劝词，设法消弭，仍将办理情形具报此令在词，除即发外，相应函达贵办事处查照，希即查明转饬制止，足纫公谊。"

我们知道：五华县长胡谆，因于本年五月间，五华县农民协会、县党部国民会议促成会青年同志会等请禁米谷出口一案，胡县长与少数垄断米谷的奸商，互相勾结。五华农民协会为全民众的利益而奋斗，乃大得罪了胡县长，又胡县长纵放粮差苛勒乡民，被该县农会指控，老羞成怒，几乎与该县各革命团体成了冰炭不容之势，尤其是对于农民协会。

各区署警长是胡县长的爪牙，保卫团是劣绅土豪压迫农民的武装，当然和胡县长同一鼻孔出气，当然会大造谣言，怪不得说胡县长说："后查无异"。但是东江行政委员公署竟谓："农会通告减租殊属不合"？那末农民减租，到底是犯甚么罪？为什么不合？实在令人可骇的事。

王同志从他的袋里抽起一张刚才在路上所拾得的"字纸"，哈哈的笑道：这张东西就是我们回答这个问题的好材料，把它抄下来吧，里面是说：

"……农民所感受的痛苦，不止一端，如不肖军队之骚扰苛抽，贪官污吏之横征暴索，土豪之鱼肉，乡绅之凌辱，盗匪之掳掠，天灾之荐至，凡此均足使农民不安而渐趋于穷困之境也。然此特一时现象，非其主因，将来余孽肃清，盗贼匿迹，吏治澄明，军纪整顿，凡诸苦况悉可蠲除，惟有田租过重，实为农民永远之致命伤，观上调查所得，近年农户容减之数，可为明证。夫土地本由天赋而以养人，天下为公，不应专属。且欲求土地之使用，莫善于自为地主而自耕耘，至地主不耘其田，不劳而坐获多额之租，实为不当之资本者。若以田地收入无多，不置田产，则土地仍在农得而耕，耕而获利，则耕者多而随者少，农业发达可以操券。若因买得土地，勒收贵租，而农产副

12

业，又以不敌外国特产，无限量之收入而日渐趋于崩坏，农民不堪，必舍耕作，其地成荒坏，固以立贫。广宁花县等处田租，佃四主六，九龄稚子，即操作田间，六十老翁，犹荷重郊野，裤不蔽体，食杂芋薯，称贷输租，债偿倍莲，高利盘剥，吮血吸膏，其他各县，大都如是。故迩减租若干，尚不致累生计。若农民耕作过苦，所得不足以为生，则强者必将弃农为匪，弱者亦将失业而为乞丐流氓。总有善者。无从施治，此岂独农民之不幸，抑亦国家根本之大事也。农民协会之组织，在植农村自治之基础，且以互相扶助，救济失耕，使农民自觉，或不为地主土豪所喜。然重农兴业，为政府职责所关，再有从事仇视及摧残者，政府必从严办，不稍轻贷。近日反对者故作谣言，谓为实行共产，实为中伤政府一种手段，自应严厉禁绝，并须在各该所属地方，善为解释，毋使谣言繁盛，妨碍本党政策施行。如有不遵奉党纲，保卫农民者，政府应即褫夺官职，永不叙用……"（参看政府对农民第二次宣言）

原来这张"字纸"，是革命政府对农民运动第二次很郑重的宣言，不知道是谁掉了的，未免目无政府。以上撞着就是我们根据政府宣言所贡献于行政委员的话：

"观此可证农民减租，纯系迫于生活之痛苦，为万不得已之要求，我党政府深知农艰，怜恤而特许其减租之运动，实为救农救国之义举，经我党政府再次重郑宣言，煌煌在案。凡非反革命，不革命，假革命之徒，及不良地主劣绅土豪贪官污吏之辈，谁敢不认本党农民运动之政策，及破坏我政府之宣言。不料在我党政府统治之官吏五华县长胡谆，竟敢公然而为之。查胡谆前曾勾结五华少数奸商，破坏人民所迫切要求之禁米出口，轻视人民与政府合作之政策，查封理发工会及第二十区党部，纵恿粮差百般苛勒，以致民不聊生。经五华县党部工农商学各团体纷纷控告，其仇视农会，压迫农民，早有远因。

近则根据其同一鼻出气之少数警区署长，及素以武装压迫农民之保卫团李春眉之报告，谓农会为前清三点会匪，到处宣传今日实行共产等等谣言，并以阻挠军饷贻误戎机之大题架陷，故入农民之罪，胡县长竟以后查无异'四字而抹煞之，其一则利用政府之政治力量，压迫大多数贫苦农民维持活命之减租要求。二则中伤我孙总理所手创之农民协会，谓为三点会匪。三则制造共产谣言为中伤政府之一种手段。四则违抗政府之宣言，即所以破坏政府对于民众之威信。五则直指我政府劝销有奖公债为派题军饷。夫我政府忍痛北伐，未尝有抽及人民军饷，至所劝销之有奖公债，有本可归，有利可还，有奖可得，经为我政府救国之财政政策，之该县长胡谆，身为地方长官，指为派题军饷，以恐吓乐意购买之人民，而使为人民误认为无本可归之军饷，以致皆惶惧不敢购买，破坏政府财政政策，贻误戎机，已公然为之矣。而偏以构陷最拥护国民政府最革命之农民及其所组织之农会，是诚何心。六则该县长不能代表我政府重民救国之主旨，根据政府之宣言，而严饬各署长及保卫团之造谣中伤，竟进一步而谓'复查无异'以欺贵委员。总上诸端，胡县长之种种行为，为破坏国民党之革命策略，及中伤我国民政府对于人民之威信，此种反革命之官吏，应根据党纪国法，严加究办。至可应根据宣言，褫夺官职，永不叙用，而顾全政府之威严，亦即所以维持贵委员在东江代表政府拥护人民利益之苦心。更有过者，近查汕头各报登载，五华一带，于本月初九、初十两日飓风为灾，农产品大受损失，农民叫苦连天，农民减租求活，必然益加迫切。敢公然迅伤县布告禁止一般劣绅土豪不良地主阻止农民减租，以免大多数民众饥馑恐慌，流为饿莩，或铤而走险，危害社会之安宁，庶党纲政策不至徒托空言，前年广宁县农民协会因要求减租，地主劣绅大起反对，我先总理下令派铁甲车队前往保护农会，地主劣绅民团竟以武装压迫，我总理再加派卫士队以解散地主之武装，查办其首领，血战三阅月，卒使农民减租得到胜利。同年海陆丰农民之要求减租，我政府亦无不保障其成功。事迹彰彰，有案可考，引起全国农民之注意，而为世界被压迫民族所赞许。此为本党农民政策成功之第一步。贵署未加明察，认为殊嘱不合，殊易使人民发生误解，而贻农村间之反动派进攻农民压迫农会之危机。至于该会如有越轨行为，敝处当严申纪律，决毋姑宽，准函前由，相应函复贵委员尊重政府第二次宣言，严惩此等不法之官吏，以儆后来，党纲政策，政府威信，实利赖之，并希赐复是荷。此致东江各嘱行政委员徐。广东省农民协会潮梅海陆丰办事处。"

《农民运动》第 8 期，1926 年 9 月 21 日

为五华农友哭一声

在逆党，劣绅，土豪，大地主，贪官，污吏，保卫团，土匪——这班帝国主义的走狗，反革命派的利刀白刃活杀底下的五华农友，断头碎尸，血肉横流，已经是惨到极点了！千百年来满脚牛屎，被人咒骂，欺凌，贱视，压迫，虐待，奴隶，像牛马都不如的农友们，被人打也不敢哭，被人杀也不敢叫，满腔冤枉，只有暗地里去告诉给鬼听。可是这里是青天白日，光照大地，孙总理的信徒呵！听听我为五华农友哭一声罢！

当陈逆炯明宰制东江的时代，奸淫掳掠、放火杀人、强迫军饷、勒派公债、预征钱粮，滥使铜银，迫种烟苗……等，我工农商学各界的同胞，饱尝此毒，至今思之，尤有余痛。此时五华革命的农友，在民国十一年的时候，和海陆丰革命的农友，独先觉悟联合起来，为本身和民族的利益，不断的与军阀抗争。到了民国十二年夏，东江因风灾水患，农民群起要求减租，卒为陈炯明的武装镇压下来。海陆丰的农民，固然生机将绝，而五华农友，亦苦到不知命在何时。这是过去第一件冤枉事。可是在军阀铁蹄底下，本来算不得稀奇。在一方面，陈炯明因犯了东江农民的众怒，不啻把埋葬自己的墓穴挖开了。十三年春，国民政府第一次东征，五华海陆丰一带几十万的农民，在陈逆老巢来作内应，他们怎样去拥护国民政府和党军，怎样不要命的去驱逐陈炯明，我想真正孙总理的信徒，一定是不会忘记的。但是，这几十万的农友们，因为亲热了国民政府和国民党，驱逐了逆党和政府数年来心腹的大患，就因此而得罪了莫大的敌人——陈炯明刘志陆锺景棠及其余党。所以陈炯明痛恨国民政府和国民党，还不像痛恨东江的农民那么利害。陈炯明在香港曾对锺景棠刘志陆说："我们如能再回东江，虽三小时也好，必先把赤党农民，大杀一场，以雪吾愤"。同年七月间，杨刘叛变之后，许崇智把东江送给陈逆，而跑回广州争地盘，所以陈逆就不止达到"再回东江三小时"的目的了。刘逆志陆先入五华，农民起而抵抗，被其屠杀者，不知凡几，家散人亡，尸骸遍野，号哭连天。这个时候，驻防海丰张和的军队，不理也就好了，还要欺骗五华农友说：要开军往救，叫五华农友集中；又骗了海丰农民的军饷电话机及夫役等，就开拨逃往别处，使五华农友被刘志陆杀得更加凄凉。这就过去第二件冤枉事。锺景棠入海陆丰，令铁匠打了数百把斩首大刀，来杀农友们的头。五华海陆丰一带的难民，到了广州，请愿国民政府，收复东江，于是而二次东征乃开始。五华海陆丰的农友，也再死不要命的起来响应党军，驱逐陈逆。参加东征的革命军人，都知道五华农民反抗军阀之决心，和参加革命之勇气，即许崇智也引为世所罕有，遇人必谈。这样看来五华这班被人看得牛马不如的农友，如此热烈的去拥护国民政府，去参加国民革命，是多么可爱可敬！又多么可怜呢！

好了。陈炯明在东江的势力消灭了，东江政局大定了，同志们有升官的升官，有发财的发财，此时五华（海陆丰也在内）的农友，就提出了一个要求。这个要求是甚么？并不是想国民政府来封功，也不是想得到一点抚恤，而是要求惩办潜伏在乡村活动之一班逆党。他的目的有二：一是巩固革命基础，免致逆党之扰乱；二是保障农友们生命，不至再被逆党的残害。这种要求，何等光明正大，何等的表现其革命之真诚呢！可是几百次之函电交驰，并屡派代表向政府请愿，而逆党卒至逍遥法外，没有动着毫毛，这已经是使农民大失所望了。所以五华的农民，只有巩固自己的组织，充实本身的力量，以御祸于万一。此时一班陈炯明刘志陆的逆党，以农民的要求既失了效力，乃大肆活动，或假公民名义，或假农工商学代表，或假造姓名，妄捏罪状，向政府控告。千状万纸，无非是说五华农民协会，犯了滔天大罪，满纸淋漓，像煞有介事。他们唯一的政策是要使国民政府杀害自己同一战线之农友。今年三月间，适遇五华米贵，民食恐慌，五华农民，乃开全体大会，联合工会，学生会，青年同志会，国民会议促成会，县党部，各界团体，请准温县长，禁运谷米出口。谁都承认以地方的人民团体，来救济地方的民食，早成为农村美尚之惯例。在党政府底下的县长，既不负责维持，已经不用说了，而五华农民卒因此而犯了弥天大祸。未久，胡谭继温前县长之任，受了五华少数包运米谷奸商之运动，竟不顾地方民食，而骤然下令取消米禁，使五华民众，特别是大多数之农民，突起恐慌，几至酿成群众之大暴动。胡县长因此不能达到目的，乃恨死了五华的农民，遂起用屠杀农民之剑子手刘志清（刘志陆杀农民时委为五华县长）为顾问，穷凶极恶，巍冠大帽，出入公门。又起用一班逆党劣绅土豪，组织卫商保旅队的武装团体，为刘志陆报复前仇之准备。再进一步，瞒报上峰，说五华农会截劫米谷，勾结逆党，危害政府等等大罪，并请求迅派大军剿办。而上峰以为一县负责之长官，既有来电告急，当即派某团长率兵前赴五华。于是乎五华农友，差不多处于"将要宣告死刑"的田地。好在某团长明白事实，五华农友始由万死得一生。然如诬捏农民的胡县长，政府竟毫无加以处罚，居然又是一邑长官。胡谭这样险毒，实在配做陈炯明刘志陆之孝子慈孙，为乃祖父雪不共戴天之仇。这是过去第三件冤枉事。

一波未平一波又起，七月二十八日，《大岭东报》载："五华水旱为灾，县属数十日未雨，各处迟禾以及地势稍高，无水泉及车水灌溉等地，花生与各项植物，均被赤日晒干，全无收获，但延至本月初九初十一三天，则连日大雨倾盆，河水陡涨丈余，安流市四大街，俱水盈四尺，余琴江、沼河一带，未经收获之迟禾，及地瓜各种植物，又被洪水淹盖，沙泥压覆，一般农民，莫不连天叫苦。"这种消息传来，不要说总理的信徒，大为伤心，即那和尚尼姑，都要替五华农友流出几点慈悲的泪。可是，有两个自号总理的信徒，东江行政委员徐桴，省政府农工厅长刘纪文，他是国民政府下的大官，而竟绝不懂得三民主义农工政策，与夫政府屡次之宣言，也做了陈刘诸逆的孝子慈孙。他们的政策，更为狠毒，他们以为五华那班同志——逆党劣绅土豪大地主贪官污吏土匪……等的屠杀政策，既不得到完全成功，乃加上一个"饿死政策"，破坏农民减租运动。五华的逆党，得到这个消息，就欢喜不过了。乃大饮特饮，笑道："哼！杀你不死，害你不死，难道饿你不死吗？"叫苦连天的五华农民，得到一线之光明，就是孙总理廖部长扶植工农之主张，乃为减租之运动。特召集全县农民大会，讨论救济办法，通过减租二成。同时《大岭东报》又载："五华田主反对减租，县属上山十约，以安流约三鲤鱼江张姓，抵抗李姓，及南洞约之登云温姓，素称丰富，一家每季可收租数千石者，颇不乏人，自县农会通告本造凡属佃田每原租一石，一律减供二斗后，各处田主，大起反对。前日低坑市开会，集议对付方法，当场并捐出巨款若干，以备对付农会之用，如此不惜捐款压迫佃农，不知是否尚有人道。"同时，五华县长胡谆，呈报行政委员徐桴，略谓："……五华农会如前清之三点匪，并且到处宣传，今日实行共产，每石谷抽四斗，以打倒官场，并阻挠军饷，贻误戎机……应如何制止……"这些荒谬绝伦的话，虽小孩都会晓得是造谣惑众，而徐桴绝不加察，也不顾违背政府迭次对农民运动宣言，和国民党党纲，竟认减租为"殊属不合"，令五华县长禁止。于是五华地主与一般反革命派之势焰，益加紧张，准备武装，乘势屠杀农民。

五华逆党，又有假冒锡坑农工商学代表名义，发出"五华农会越轨抗命，勒抽租谷，请求制止"之宥电，而广东省政府竟根据农工厅长刘纪文之报告，乃大批特批说："宥电悉，查五华农会违法越权，种种骚扰，昨据农工厅呈请核办前来，业经省务会议议决，行县拿办，并函省农会查办，分别批覆函达在案，仰即知照，此批。"这个批示，正与陈炯明刘志陆之口号，若合符节，陈炯明刘志陆有知，要大呼：我们的好同志刘纪文徐桴胡谆万岁！万万岁！

同时，五华县党部，控告胡谆摧残党部，解散工会，压迫农民种种不法，证据确凿，由省党部咨省政府处置。而农工厅长刘纪文则覆谓，"调查结果，并无其事。"把胡谆大堆罪恶，轻轻一笔勾消。五华的国民党，为本党为农工而奋斗，当然是农工厅刘纪文所疾首痛心的事，这不但陈炯明要感谢他，吴佩孚、张作霖与帝国主义者，都要向刘纪文先生，致反革命的敬礼。

东江行政委员徐桴，接到省政府批令之后，就马上令五华县长胡谆谓："……该县农会所有以前种种不法行为，正在须待拿究之列，嗣后一切动作，自应痛改前非，按道而驰。乃近据该县县民控告农会之事，又属多起，一经转令行查，固属失时费事，亦殊非尊重政府命令威严之道。仰即查照前令，先行布告所属人民，一体知照，嗣后遇有关于所控农会之事，径呈该县查明，依令办理，毋庸再由本公署核转，以尊重政府命令森严之至意。"

徐桴这个命令，差不多要厉害过陈炯明、刘志陆、钟景棠的机关枪大炮和斩首刀。他说五华农民以前种种不法须待拿办，当然是因为得罪了陈炯明过甚。令胡谆以后不用转令行查乃尊重政府威严之命令，就是教胡谆彻底的反革命，快快把五华农民杀个清光。又教五华一般反革命派——他叫做人民——以后控告农会，径呈县依令办理毋容核转，以尊重政府命令森严之主意，即所以促反革命派之加紧进攻，向农民下总击令。徐桴这个森严的命令，固然把农民打坏了，即总理的三民主义，农工政策，党纲，宣言，遗嘱，都跟着五华的革命农友负着重伤！

这样一来，五华的逆党劣绅，土豪地主，贪官污吏，保卫团土匪的反革命派，联合向农民进攻益加猖獗，又加上了行政委员徐桴，农工厅长刘纪文的帮助，而造成更大的反革命势力，这就是此次五华农民遭劫的一大原因。

《岭东民国日报》九月二十九日，五华通讯云："九月九日大田土匪张谷初曾育三徐善庭等，流匪三百余名，围攻第三区农会，捣毁会所，掳去职员蓝奇才一名，自卫军枪械什物，被劫一空。十日午四点钟，该匪首等，复率四百余名，攻破第一区尚英乡分区办事处，掳去委员田玉屏，自卫军锺祺卢坤锺国强四名，捣毁会址，抢劫一空。十三日，匪首曾育三任才锺梅苏曾孟宾曾育周等，率匪三百余名，攻破第二区农会，乱枪扫射，自卫军古胜伤腹部，职员刘雄球伤胸部，两人性命危在旦夕，同时被掳去自卫军史进刘美二名，枪枝及所用物洗劫一空。十五日，三区黄塘肚乡，被大田匪党，将该乡牛猪米石，洗劫无余，掳去会员一名，现仍四出掳抢。十六日早晨，匪党三百余名，到第一区郭公乡，将职员黄雪梅黄道源家，洗劫一空；十时，复将梧乡村职员林君甫家，劫去猪十五头，该乡牛被掳去十二头，掳去会员五名，会员家里，全被抢尽，焚烧房屋三间，区会闻讯往援，被击伤自卫军一名。二十一日上午七时，大田土匪三百余名，围攻第一区南英乡，农民力薄，不堪与敌，全乡房屋被焚，财物劫尽，难民数百，无家可归，妻哭子号，行将待毙，悲惨情状，实所罕有。"

五华这次事变之重大，可以给我们一个教训，就是：广东目前国民革命的对象，对内方面，已经不是打倒军阀的势力，而是在如何消灭军阀势力之根源——农村中逆党劣绅土豪大地主民团……等反革命势力。也就是国民革命到了一个难关。这个难关，如果我们很勇敢的通过去，国民革命就可以说是成功了一半，倘我们懦弱无能就通不过，那吗，国民革命要因此而再经一度的失败。国民党第二次代表大会，决议"本党无论何时，应站在农民利益方面而奋斗！"这就是打破这个难关最有力量的口号。给我们一个革命的方针！

至于五华这次事变何以酿成这样的重大，我们也可找出几个原因：第一是政府对于逆党太过宽大，所以一般陈刘余孽得以公然在乡村活动；第二是县长胡谆违背党纲政策，并与逆党互相勾结；第三是行政委员徐桴，农工厅长刘纪文，也不要了孙总理的三民主义和农工政策，也忘记了政府对于农民运动迭次之宣言，竟为反革命派有力之援助，使农村之反革命势力得到政治上的帮助，一暴发而不可制止；第四是国民政府这次北伐，一般逆党乘机来扰乱后方，摧残革命势力，尤其是农民运动。有了这四个原因，就造成了五华之惨案。但是这个责任，是谁任其咎呢？可以说是胡谆徐桴刘纪文三位陈炯明的信徒吧！

五华的农友们呵！你们已经是惨不过了。你们不要灰心，你们鼓起从前的勇气，你们不要以陈炯明倒了，就永远没有压迫你们的人，胡谆徐桴刘纪文，就是一个很好的教训了。你们继续努力吧！最后的胜利，终属于你们！

《人民周刊》第 29 期，1926 年 10 月 29 日

土地革命

（一）有一天的早晨，炮声，大炮声，炸弹声，很热烈的响着。沉沉的又听见："杀呀！杀呀！""同志们前进呀！……"（敌军的兵士已同情我们，实行倒戈了！……）"工农革命军已占了敌人的大本营，……"……很紧张的声音呼唤着。

原来这是K省的工农群众起来暴动的一天，这天暴动的结果完全把最反动的军阀资本家地主土豪劣绅的武装解除了，统治权推翻了，工农阶级自己起来掌握政权。这天的下午开了一个工农兵代表会。

工人农民和兵士的代表都到了，坐满了一个红色的大礼堂。会场外围着要来参观的工农群众，说不止数万人，一时人山人海，赤旗蔽空，少顷，这庄严的代表大会开幕了。

（二）一位容貌好像经过很多战斗的工人代表站在台上，对代表和场外的群众高呼道："今天是无产阶级革命成功的开始，也就是土地革命成功的开始。无产阶级要推翻帝国主义军阀和资产阶级的掠夺与压迫，解除全中国大多数人的痛苦，只有实行土地革命。因为中国最大多数的农民失了土地，已陷于饿死的状态中，一切土地集中少数人手上，供他们的享乐，这是最不平的事。我们要晓得，土地本属天然，原为大多数人所共有的，在几千年前地主的祖先，强有力的把一切土地强占去了，认为私有，制出土地契约教我们承认，否则杀头，到了现在我们早忘记了土地是被人强占去了。农友们代代年年，辛辛苦苦把种好的谷子送到地主的家里，自己的父母妻子挨饿得叫救，还说这是公道，你说该死不该死呢！这次革命的教训，就是多数农民群众懂得这个道理，到处起来夺回地主的土地，打倒土豪劣绅的反动势力，抢了乡村的政权，推翻了帝国主义和军阀的基础，才有今日的成功。我们现在只有继续坚决的急激的干下去！我们工人阶级尤宜到农村去帮助农友掠取土地，杀尽乡村一切的反动势力。现在各省都这样干起来了，中国的革命不久就要成功！胜利终在我们，……"（听众鼓掌喝彩不绝）

（三）继续就有一位农民代表登台说道："……我们从今日起永远不用交租了，我们所负的重债也一律不用还了，我们从此不用做地主的牛马。我们目前的任务：第一，须把土豪劣绅大地主贪官污吏军阀寸草不留的杀个净尽；第二，工农阶级武装起来，扩大有训练的军队，才能保障土地革命的胜利；第三，一切土地分配给农民和革命军士的家庭去耕种；第四，毁灭一切土地的契约和债券；第五，一切政权统归农工兵代表会，我们只有这样干，我们只有继续勇猛的向敌人暴动，我们所失的只一笔惊人的债务！所得一幅梦想不到的田园。……"

（四）接着兵士的代表又跳上台高呼道："兵士的兄弟们！我们是一切的穷人，我们是工人！我们是农民！"（听着的代表突然呼："是的，""对的！"掌声雷动）工农兵是亲爱的兄弟。可是我们过去听了蒋介石李济深的指导，在浙江江苏福建广东屠杀了不少的工农兄弟！又听汪精卫唐生智朱培德的指导，在湖南湖北江西屠杀了不少的工农兄弟，至于冯玉祥阎锡山张作霖辈是一律的不必说了，这简直是教我们兵士自杀！（大家喊声！）我们现在觉悟了，原来汪精卫蒋介石唐生智李济深等，代表资本家大地主劣绅土豪的势力，来屠杀工农，镇压工农的解放，是我们唯一的敌人。我们又觉悟，真正的革命就是要救大多数的穷人，要救大多数的穷人，就要实行土地革命。我们认清楚能实行土地革命的，就是真正的革命派，反对的就是反革命派，这是我们兵士枪头最好的瞄准机。我们应唤醒全国的兵士，应为自己穷人的利益而战，穷人不打穷人。其次就是一切的兵士应起来枪杀反对土地革命的长官，无论他是排长连长也好，一直到总司令也好，如有教我们反对土地革命的就应该断他的头碎他的骨。我们这次的战争，我们杀了不少的官长，把我们的武装提到工农革命军的队伍来，现在这种兵士的暴动仍是继续发展。从此我们兵士的家庭得到土地的分配，已无后顾之忧，将来退伍又不至饿死于沟壑，我们更应百倍努力干去，最后高呼！

（一）一切土地归农民

（二）一切武装归工农

（三）一切政权归工农兵代表会

（四）土地革命成功万岁

（五）世界革命成功万岁

（六）工农兵士代表会万岁

《红旗周刊》第 1 期，1927 年 10 月 30 日

书　信

致李春涛①（节录）

龙山、龙津自一班西装的青年男女去后，很觉寂寞，留下一个彭湃，手一卷书，叫那悲惨惨的农民快些出来反抗；又教那饥饿着的牧童唱道：

冬呀！冬！冬！冬！田仔骂田公②！

田仔耕田耕到死；田公在厝③食白米！

做个（的）颠倒饿；懒个（的）颠倒好！

是你不知想！不是命不好！

农夫呀！醒来！农夫呀！勿戆！

地是天作！天还天公！

你无分！我无分！

有来耕，有来食！

无来耕，就请歇！

湃觉得农民运动比都市的劳工运动有几点的确是很好的：

---

① 李春涛（1897—1927），广东潮安人，是彭湃留学日本时的同班同学，曾任海丰县立第一小学教员。后在汕头主持《岭东民国日报》。1927年被国民党反动派杀害。

② 田仔，指佃户；田公，指地主。

③ 厝，潮州方言，即房屋。

一、农民中，自然是佃耕农占大多数。赤山约①约占十分之九。因和田主的距离很远，凡甚么运动，田主都不知。不比工厂的工人，一经给资本家知道，马上就解雇。

二、农民虽然少有团体的训练，不比工厂的工人。但他们有忠义气，能老老实实的尽忠于自己的阶级。

三、他们亦可采用同盟罢耕。因为田地不是和机械一样的关在资本家的工厂里，而且是绝对不可移动的。将来占领田地，是极容易的。

四、海丰现在做官的钱很多，竞买田地，地价骤增，农民之纳田租，当然亦增加，佃主的争议，亦必多起来。

五、海丰物价日贵，农民生活日益困艰，他们时时都有暴动的心理，反的心理。

他们（农民）实在不乏聪明的人。他们对于农会的组织，都具有很热烈的情感。他们现已渐有了阶级的觉悟。他们现已渐能巩固自阶级的营垒。他们还能向别约宣传，教导别约快起。

继赤山农会而起的，有守望农会，即守望约一带——在北路银屏、莲花诸山麓居住的农民为多。两会会员，共有五百户。每户平均约七人，共约三千五百人之多。现在罗山约，北笏约，银溪约，联峰约，在酝酿之中。这回冬季收获后，他们即可成立。

计划到了旧历年尾（一九二三年一、二月间），可成立农会八处，少亦五六处。那时候，可以组织总农会于县城，可以向田主挑战。中国农民的阶级斗争，将现出于南部海丰一隅！陆丰亦有托人来叫我们到那边去，这也是很好的机会。可惜湃单身匹马，顾不及许多！

湃的生活，终是苦罢了！

---

① 约，相当于大乡。约之上是都（区），约下还有乡、村。

29

陈□□曾叫澎到他家里去，说□公①很注意澎；问澎为甚么不出去省城呢？澎问他道："难道叫我去做官吗？"他答道："虽然不声明叫你去做官，但若肯往省城，他（□公）当然有事给你干的。"澎道："我还要在家里求学。"

澎的生活路，通通为澎自己塞尽了。

但是可以慰藉澎的，还是赤山的农民。

澎也不愿和现在最有生机的农会及亲切可爱的农民离开了！澎一家人，除了澎的子或妻之外，余的都讨厌澎的行为。汉垣（澎的三兄）则颇与澎表同情，这也是难得的。

《晨光》第 2 卷第 1 号，1922 年 11 月 18 日

---

① □公，即竞公，指陈炯明。

致李春涛（节录）

　　农会愈进步，遂改组为惠州农民联合会。海丰、陆丰、归善已设了分会，拟要推到惠阳去。

　　我的最憾事，即是少同志。这个问题，我差不多夜夜都梦去寻求同志。唉！同志在那里！

　　和田岩君你记得吗？日本建设者同盟的中坚，我们阶级斗争的战友，尤其是农民运动的健将，闻他因到乡村去，十几日没得睡眠，回来发生胃肠病，一命呜呼。唉！真惨悲！真痛恨！唉！我的泪要滴下来了！唉！患病的 CT，真是可怜，我好幸无病！

　　我逐渐的无智识阶级化了！

致李春涛（节录）

　　因进行上的便利起见，把它①改组做广东农会。各县则设分会。每一个会员，每年常捐二毫，即足以维持。

　　要到普宁去。……因为这方面农会的声势，已侵入了那边。

　　农村的纯无产阶级对于田主、资本家的敌视是很深的。……故农村的阶级的反目，老早就有，不过没有人挑拨罢了。

　　我将来若是不幸走错了路，或民众的解放机会被我弄坏，这要归罪于同志不来咧。

《晨光》第 2 卷第 1 号，1923 年 7 月 19 日

---

　　①　指惠州农民联合会。

致李春涛（节录）

　　二十六日，湃已收拾好行李，想动身往省城。——因和石安①君有约。忽是日狂风大作，历二十余小时，越发越大，又继以大水。倒坏房屋无算，田禾完全失收。农民大恐慌，纷纷到会请示办法。因又不果行。

　　农民的解放运动，减租运动，如是因着年凶，是无甚价值的。因为恐他们或竟忘了减租的意义和我们的目的，故有价值，还是要在丰年来减租。但是，这回的风灾水祸，虽觉着很可痛心，而农村的阶级斗争骤然呈出很好的现象，阶级的对立很分明，革命事业进一步了。这回对抗田主的办法，湃已有了把握。可是进行上能否依照我们的计划，这就不敢逆料。因为没有同志的关系！——唉！同志在那里！恐怕这次的运动太过于平和为可惜，这也是归咎同志不来！农会的发展，真是叫做一日千里！唉！可惜无同志去干！如现在县县都要去干，无同志怎样办呢？

　　汉垣等实在难得。不过主义上无法去用工，为可惜耳。

《晨光》第 2 卷第 1 号，1923 年 7 月 30 日

---

　　① 石安是实庵的谐音。陈独秀，字实庵，当时任中共中央总书记。

致文亮

亮兄：①

　　弟近来奋斗的经过，详《海丰全县农民泣告同胞宣言书》中。

　　宣言所载军队，系陈炯明的好友钟景棠所带的，不过我们在他的势力范围内，不便说出罢了！——真苦！！！

　　报告书草了一大半，因事太忙，后一半无法草就，今竟前一半都失了。

　　会中一切文件、记录、统计表及其他种种调查所得的材料和会中所存的书籍，都被军阀烧了。

　　我现在想把脑中所记忆的写出来，做一篇详细的报告书。

　　我现在仍是继续的奋斗！请安心！

　　经这回的变动，同志间有几个变节了。我们的分子坚实些了。

　　经这回的变动，农民——农会的团体也淘汰了很多不良分子，比前坚实些了。

　　景山兄不日动身了，你们快要会面了，他很知道这件事。

　　以后的进行当继续报告。

　　我以青年团只可供做宣传的机关，还不可做革命的团体。

　　我们快要组织一个极坚固的团体，而且很是秘密的。□□（此处

---

① 文亮或亮，即施复亮，又名施存统，中共党员，中国社会主义青年团负责人。

有两字原件难以辨认，现暂缺——本书编者注）的共产党我大不明白，恐怕是无当用吧。

我从前是很深信无政府共产主义的，两年前才对马氏发生信仰，年来的经验，马氏我益深信。

在潮州听景山、志白说，兄曾有信嘱我赴大考，可是信来不及了，即及也是不能来的——正是风潮起的时候。

石安兄叫我到粤去，我已动身，忽然狂风大作（即七月二十六日风灾水灾的那一天），故不果行。

以后还有很多话要说，因忙暂止。

宣言书托景山兄带去，

恐他迟到故先发此信你。

何海① 书

九月七日

再者：被押三人杨其珊、黄凤麟、洪庭惠。

刻下惟有筹款回去接济其家属，彼三人在狱，同志每日都有送饭入去。但是筹款就捐题是很难的，我在香港筹款，只有苦力夫协助一毛半角，仅捐得三四十元。现拟将我的家产，向人按借，大约若能到五百元之间便好了。我已函在乡同志设法去进行优待狱中会员，一方面欢待出狱者；一方面在农村宣传入狱之无上光荣，使各会员视入狱为等闲事、快事，对于战斗前途甚有益。但不知有无五百元可借，至少亦是要三百元。

---

① 何海，彭湃的化名。

此外想不出有何等法子，要之惟有聚众声称请愿，老实是用武力对抗，但是尚非其时。

附录：

海丰全县农民泣告同胞书

（一九二三年八月）

我海丰农民之不聊生也久矣！然生活之悲惨困苦颠连而无告，则未有如今日之甚者！

查我海丰农民，有田可以自耕者，百不得一，余则皆就田主领田佃耕，按季纳租，奴于田主以为活耳。幸而丰年乐岁，尚可温饱。不幸年凶岁歉，则将不免于饥寒冻馁。于时，我海丰农民，为自卫计——为欲防止田主之无理升租计，为欲弭消农民之内部纷争计，为凶年可以呈请减租计，为救济天灾人祸死亡计——遂于去年八月组织成立海丰农会。一年以来，农会之范围，由海丰而陆丰而归善，近且延及于紫金、惠来、普宁；而农会之名称，亦由海丰农会而惠州农民联合会，近且扩称为广东总农会。凡若是者，皆我农民自觉悟其生活之悲惨，知非自卫将无以自存，故不约而共同谋之者也。然不意因此意见忌于当道！且不意最先受压迫摧残者，即为我生活最惨之海丰农民！

海丰于今年七月二十六日〔阴历癸亥年六月十三日〕、八月五日〔阴历癸亥年六月二十三日〕两次飓风大水为灾，农产物歉收，房屋倒塌不计其数。农村受灾极烈，农民受害尤甚。故农民遂招集大会，讨论早季纳租问题。议决：际此歉收之季，免租既有所不能，完租必至于饿死，无已，最高限度只能输纳三成。而田主阀闻之，大起反对，竟派人下乡逼租祸事遂从此肇矣！

八月十一日，突有承批教育局租批商林卓存〔现任海丰县保卫团局长〕命其侄某，前往北笏乡〔约三十余户之小乡村〕收租。佃户戴阿丑以凶年恳减，林谓："官租无减，十足照收。"顾阿丑无力照纳，林便用斗盖木迎头痛击。阿丑逃避，林复追击。乡人闻声，争出劝阻。林借势逞威，躁跳怒骂，失足仆地，遂卧地诈伤，嘱其下人用轿抬回，诣县请验。县长王作新，竟侵越法庭权限，贸然受理。验后，即派游击队二十余名，武装到北笏乡围捕。乡民畏官，闻枪声响，纷纷走匿。时值久雨，潦水未退，妇孺无地隐藏，则相率呼号奔哭于途。官兵追至，圈而捕之，恣意搜屋掠物。最后，遂苛索差礼银三十余元；掳去乡民戴阿扶等三人，镣锁投狱中此八月十二〔即癸亥年七月初一日〕事也。

农会闻讯，当于十五旦〔七月初四日〕开大会。议决：一方依据法律诉诸法庭；一方筹金救济入狱家属。而县长王作新竟与粮业维持会等绅士集议，勾结军队，突于十六日早〔七月初五日〕带同军警百余名，围捕海丰农会会员。当被掳去职员及会员杨其珊、黄凤麟、洪庭惠、郑渭净等二十五人。会中所有文卷、器具以及会金九百余元，用马二匹，皆被没收。同日，又封消会所，解散农会，四贴布告，通缉会长彭湃、余创之、林苏等。十七日早〔七月初六日〕复查封农民医药房，缉拿医生吕楚雄。甚且诬说农会存款五万余元，寄存吕楚雄处。当勾串海丰粤军筹饷局局长冯璧环，着令吕楚雄交出，提充军饷。旋又纵令各区警兵四出下乡迫租，并查缴农会会员证章。多方苛勒，百般骚扰，农民生机全绝，惟有待死。近虽曾由老隆陈总司令去电，着令该县长王作新即行释放被捕会员，恢复农会机关，然迄令尚未见奉行。而军警下乡逼迫，日甚一日。因此，谨据实历陈，幸我同胞父老兄弟诸姑姊妹有以援助其后！是为至感！

　　海丰全县农民泣告。

　　　　　　　　　　　　　　1923 年 9 月 7 日

　　　　　　　　　　　　　　载《晨光》第 2 卷第 1 号

致文亮

文亮兄：

我在书斋和研究室的里头，来和你做朋友。你和我差不多，时时很亲密的。我也确信是你一个好朋友，亦时时都要向你请教，可惜屡忙不果。

海陆丰一带的农会受军阀摧残的事件，想必景山、志白、石安诸兄都有对你说过。当时被捕会员二十八人，现已经放了二十五人，尚有三人，系在会中办事算做农民中是聪明能干者。他们对于这三人，死不肯放，已定了六个月监禁。

在海丰做农会的同志，除一部分在海丰暗中活动外，余的都集合在汕头。现在有澄海县农会会长杜式榜兄，他是很热心做事的人，他愿和我辈在汕头设个机关联络各会，叫做惠潮梅农会（惠潮梅三州约有二十六七县），使各县农会集合起来，然后分派同志从□□做□工夫，务使各县农会有严密的组织——但是这种工夫很不是容易，如少同志更加困难——现在筹备处暂设在汕头新马路荣庆里九号。

兄如有指导之处希随时赐函！

我要对你报告的事很多，一时写不出来。

你们的活动怎样呢？都请你们详细告诉我。我们做事最不好的就是懒通信，使各处的同志散慢无归，各做各的，奋斗目标口号各各不同。我们要如何作战，须有计划，且要各地同志都能明白我统一战线为紧。但必能是很有把握的，请教我。

　　志白兄为了老婆，精神状态好像有异从前，闻他已到了上海，你们必有见面，请你们问他的近况和住处。

湃宇

1923 年 12 月 1 日

致刘仁静

刘仁静^①同志：

一九二四·一·一的信敬悉。团刊及各种小册子都收到了。我自此间农会受军阀摧残后，为营救同志已离了海丰五个多月。这些东西依然由素屏君^②保管，到今日才看见。你们的努力确是十二分佩服！

潮安县城（即潮州府城地方，颇繁盛）开元寺青年图书社（里头有数十个社员，都是我们的同志。这个团体做了潮汕间劳动运动的指导—潮州工界联合会完全是他们的活动），这社的人物是郭仰川、李笠侬、谢汉一^③诸君。他们另外开有一个青年图书店，专购买新书籍，供给该地新青年的新要求。这个团体可以代销我们的杂志，并可和他们通信。关于劳动运动及学生运动，他们是极努力的。

东江的农民运动我当详细报告。我已经把自始到今一切经过的情形描写出来，不过这篇文字是很长的，而且要很小心的，恐怕失实。农人对我们的说话完全是他们心里的表现，不可乱写。去年已动笔，可是到现在仍未完稿，就是我的生活是东奔西走的，没有一个整个的

---

① 刘仁静，中国共产党早期党员，后来被开除出党。

② 素屏君，即彭湃的夫人蔡素屏，曾参加过海丰农民运动，1928年9月21日被反动派杀害。

③ 郭仰川，鞋业工人；谢汉一，首饰业工人。李笠侬后于1928年任潮安县长，先后逮捕、杀害共产党员谢汉一、许宏等多人。

时间。若当时知道，零碎的报告，今日可不用费事了。

此间农会虽被摧残，然农民经此次之经验，阶级的认识益加鲜明。弟回到海丰，即召集海丰各乡代表会议（附近一部分），到会有三十余人，比前更踊跃些，还有农民陆续来入会者。

入狱同志黄凤麟、杨其珊、洪廷惠三君，定了六个月监禁。他们的家属都已料理妥当，狱内每日都有米及菜进去。此间的农民异常困苦，军阀呀，官僚呀，贵族呀，绅士呀，警察呀，田主呀，债主呀，无不重重敲剥，以及物价之飞腾，风灾水祸之来袭，惨不忍言。我们对他们讲话，他们好像不大愿意听的。问他们是为甚么？他们便答道："问你有枪无枪耳！别的可不用说！"他们认定不用枪即刻开放，总是不能救他们的。他们已经四面楚歌了！他们避开了一拳却当着了两脚！

以弟的经验可说："天下无难事，只怕少同志！"此间同志太少，一人兼数种工作，日夜都忙个不了，而且农民运动的地域是很辽阔的，交通又不便，常常一日要走百里。

中国的内乱就是我们散布种子的机会，S.Y. 及 C.P.① 还要快些设法子使多些同志到乡村来！

此后我们的团体的组织应当非常严密，各地战斗的状况是要使各地都能明白——中央应传达各地作战的情形于各地，然后作战计划才有把握，诸兄以为然否？

我不日要往别处，兄如有信，仍寄在汕头新马路荣庆里九号林甦先生转便妥。

P. P② 白

一九二四·一·二十，于海丰

---

① S.Y. 即中国社会主义青年团，C.P. 即中国共产党。

② P.P，彭湃的代号。

致刘仁静

仁静兄：

　　此间农民组合，数日前被某要人面县长下取缔令^①——因疑农民有暗杀团发生及广州共产党之影响。弟等即日（二十六）从陆路逃出，刻安抵汕头，下午趁轮赴香港。到香后拟入广州，然后来沪。再者，农人尚有秘密组织存在，籍堪告慰！特此报告，并祝诸同志安好！

海^② 白

仁静先生：

　　以后书信暂勿寄到汕头来，因诸同志要走了，我通讯处有定，当即通知。

　　独秀先生

　　存统先生　　均此不另

　　其他诸同志

海　白
四月一日

---

① 1924年3月，陈炯明指使海丰县长王作新，再次下令取缔农会。

② 海，彭湃的化名。

关于海丰农民运动的一封信

实庵先生：

　　很久没有通讯了。我们去年年底在汕头联络了一个惠潮梅农会（是有名无实），来做海丰农民运动后方的声援。拜官主义最甚之潮属人，以为我是海丰人，陈炯明的同乡者，所以派代表来组织此会者共亦有九县，其中算海丰、陆丰、惠阳、普宁四县是我们办的，分子较好。这个时候，陈炯明打了几个电报与我，说他还是革命党，主张革命的，要我速赴惠州，和他共商革命方策（原来他是要组党）。我看这个电报甚有毛病，因陈炯明平素是最骄傲的人，出此口气，甚为可异，我也就复电谓俟此间会务就绪当即出发，略为敷衍一下。隔了二十余天我仍未出发，他就叫翁桂清[①]打了一电，促我惠行。同志间开了几次会议，以为若久久不去，反为不利，况兼在狱农民无钱可用，宜乘此机会带钱回去，并以陈炯明电报来吓海丰绅士，通过了这个决议，我就动身赴惠，行抵海丰，便把陈炯明请我赴惠的电来宣传，官僚绅士实在有些惊怕，王作新（县长）也有欲将在狱农民释放消息。不过这三位在狱的农民，要求王作新恢复农会后始愿出狱，否则惟有农会头（就是办农会的领袖）命令叫我们出始愿出。我探听在狱同志

---

　　① 翁桂清是陈炯明的亲信，曾于1921—1922年任海丰县长。

有这样坚决的口气，异常欢喜。他们家属一一都安顿好了，即欲向惠州出发。忽然接了陈炯明的电，说已起程回海丰，嘱我可不用来，我就在海丰等他。此时钟景棠先从前方战线失败回到海丰，我就写了一信给林晋亭（此人近来多看新书头脑比较清楚，惟是陈之死党），请他写信给钟景棠释放农民。林果然写了一信给钟，引用国际劳动法大骂王作新之不对，以促醒钟景棠。钟接此信后，即派人到我处说好话，谓当日拘禁农民不是出自己意，是县中绅士官厅报告土匪起义，不得不派兵围捕，现钟师长（来人所称）欲将在狱农民释放，叫你速觅店头前往保领。次日果将农民——杨其珊、黄凤麟、洪廷惠——释放出来，各处农民听知，集于旧农会址，列队欢迎出狱，并有许多学生参加，颇算好看。越二日陈炯明到了海丰，我就召集各约代表欢迎他，他是好名的人，就喜欢得头动尾摇。越数日，农会召集约乡代表会，讨论复活运动之进行方法（原来海丰农民对于农会之要求复活非常热烈）。决议：派代表请求陈炯明准予恢复，陈对代表说："农焉能无会，旧日农会可维持下去。"代表回来报告，众就议定每户派铜币六仙，就海丰一县可得五百元，以一半为恢复费，一半为还债费（去年遭难向人借用及赎回同志质出之物）。当众又表决，择旧历二月十三日为复活日，演戏并开大会等等。又选出临时执行委员，执行会务。此时陆丰惠阳各县闻知，亦派人与会，异常踊跃，新加入会员，亦甚多（当被军阀解散后，会员禁在狱中，各处农民加入农会者亦有二百余名，足见农民心尚未死）。

粮业维持会（地主绅士团体）会长王作新（县长）等闻知陈炯明准农会恢复，亦召集会议，对待农会。其手段是由各绅士分头向陈炯明用最尖锐最易使其动听的毒话从中破坏农会，此时陈炯明日日同那班绅士上山看龙脉，寻灵地（海丰一时迷信风水之风亦长起来了）。接近既多，时久必生效力。

近了！二月十三日要到了，陈炯明叫我过去谈话，劝我转劝各会员现在不必恢复农会，因为现在社会是绅士社会，绅士势力甚大，他天天来排斥你们，使我亦难以应付，我现在还是与绅士相依为命的，若要恢复，须等待他们排斥少了时方宜。我听了这段话，气得也说不出一句，恨不能一下儿打杀了他方痛快。我就退回报各会员，各会员听了比我还气得利害。十一日午，陈炯明又派人来农会，制止农民十三日开会底演戏。此时农民益加愤恨，即召集会议，再派代表质问陈炯明，陈拒不见，众益愤，决定我们死力争回集会自由。会是总要开的，戏总是要做的。十二日戏开台了，十三日到会农民有七千余人（市上地瓜骤贱了两斤，因农民赴会交钱，带地瓜来卖，市中客店也住满了人）。这回开会，会员比前日益有勇气，我们没有说甚么话，不过报告去年经过情形。但有两个老农须都白了，上台大骂政府及绅士之摧残农民，并谓此后如有再来摧残，我们愿以老命牺牲。我一时听了喉为之梗、别人不知道也怎么样。还有一个中学校长黎樾廷，他演说时也讲得非常痛切。这个大会算是圆圆满满的过了。

是晚，忽然听会员报告，将军府派出炮壳队及警察出查客店，凡遇我会会员无不再三检查。我等遂派人前往将军府侦探，得其消息：是县中绅士进府报告外间到有二十余名刺客，是受省政府之运动的，并献汕头香港各方面紧急电报数封为证，吓得陈炯明吃了一惊，所以下令戒严查验。

我本有一个堂弟，在陈府下办事，这日陈对他说：群众我是很怕的，尤其是农民，我从前在广西时，几乎被乡民赶出来，兵力虽足以战胜桂军，而没法镇压农民，他们出没神秘莫测，言时几乎有谈虎色变之状（此事陈炯明也尝对我说过一次）。他又说农民只可使之静，不可使之动，你看彭湃又召集了数千农民来县，是来酿事了

次日县长王作新出了一张布告："照得县属所设农会，去年因办

理不善，违背章旨，业经查办解散在案，……顷闻外间有不逞之徒，复敢借端招摇，莠言惑众，殊属妨害治安，现奉陈总司令面谕查禁等因，自应遵照办理，为此布告属内农民人等，一体知悉。嗣后如有敢在外私行集会，借端煽动者，一经查觉，定即拘案究惩，决不宽贷。十三年三月二十一日王作新。"

我等闻此消息，一面召集秘密会议，一面预备收队。又有同志来报告：谓陈炯明已查出彭湃与汕头间来往电文密码，确与共产党及国民党有关系，众绅士要求查办，陈已有允意。我等即时把农会中一切重要文件，会员名籍簿，一应藏之于远乡。当夜开密议时，各农民代表磨拳擦掌甚为愤愤，当时有一位年四十余岁的约长，痛极大骂，感动全场，恨一时不能食陈之肉，而枕陈之皮，一致表决继续从暗中奋力做去。

还有一件很重要的事也要告诉你。去年冬海丰第三区的农民（加入了农会的），联络了十数乡，实行减租运动（此时我未回海丰），因第三区最大的地主是林姓，他一族有万余石租，分为数房，每房至少都有一千石至二千石。他们对于佃户异常苛酷，屡屡升租，不遂则收回田地，批与别人。十年前每石种田（每亩田当海丰八升种）纳租额不过五六石，至多亦不过七石。现在每石租田竟升至二十石租之高。佃户支用资本如下：

一石种田地每年二季肥料约三十元

　　种子约五元

　　农具消耗约五元

　　工食约五十四元（此项的计算，大约每一个单身壮年农夫至多可耕得一石种田，每餐至少要六个铜板，其余衣住不计，共计食料费每年五十四元。）

以上共九十四元（支出之项）

一石种田每年中等年况，至多收获三十石极多不上三十二石，每石价格就去年为准大约六元，除二十石还田主，余十余石共值银六七十元左右。收支相抵每年亏本二三十元之多。他们现在觉得是大亏本了，他们晓得团结了。他们减租的战术是很好的。他们先择定一个极可恶的田主为敌对，调查各乡耕该田主之佃户，召集其到会会议，表决一致行动，齐向田主辞田。往年他们也曾有辞田之事，不过田主有一千石租，辞去二三百石，不足以致其死命。此次一千石通通的佃户完全一致辞田、该田主知道不能对抗（若对抗则田当为荒田，至少五年无租可收，经五年即五千租之损失）遂请求其族人，开族会议。当时声言，总吊田（即总收回田地）以吓农民，又谓如有族中无论何户，被佃户辞田者，每斗种由公租（即族中）帮银一元，该处农民闻之甚为可惊、但势又成骑虎。此时适我回海丰，农会亦活动起来，农民即来报告，谓此事月余尚未解决，农会遂召集临时执行委员会议，议决如一会员被田主吊田者（即被其收回田地者），由农会每斗种田帮与二元，并为其介绍职业或择地垦荒。林姓田主闻之吃了一惊，始容纳佃户所要求，平均约减了百分之十五。该处共六七个乡头，以后每年减少了四百余石谷，不用挑到田主的家里去。同时别处依法做的亦有几处，也得胜利。

但有一处田主系陈姓，恃陈炯明势力，他们对佃户说："耕田要向你收租！辞田也要向你收租！辞则管来辞！要请你六月预备便谷！"佃户有三十余人，辞出之租约有三百余石，现在佃户死不欲耕，田已经荒了，事尚未解决。此项辞田的原因，是因去年风灾时，陈姓田主带同护兵迫租，硬要十足照纳，农民苦无以应，兵士就搜屋抢物，计被抢者女子头饰四件，小孩破内衣四件，米二升余，谷种三斗，伤妇人一，伤男人一，该乡以田主如此横暴，全乡男女誓不再耕其田。此事当时我曾告之于陈炯明，陈谓你可做一呈文来，待我交保团局办

理。我口说"好"，心又以为此人非打杀不可，因为保团局就是粮业
维持会的营垒。（后略）

五月十一日彭湃于广州

《向导》第 70 期

致彭素民 [①]

　　彭部长大鉴：倾接海丰农会同志谢声君密报，据称现在该处农民秘密团体（即十人团）日甚发达，组织日益严密，训练宣传较之从前公开有效，湃查海丰农民自受陈逆摧残，湃等出走以来，一般农民愤恨陈逆已入骨髓，枕戈待旦，惟望吾党势力早日及于东江，俾得于乌烟瘴气之下，现出青天白日之乐国。现该会因不能公开之故，会费收入不敷支用，敢请部长将此事提出中央，请求中央经济之援助，大约每月五十元，并使吾党与该处农民发生密切关系，至为重要。是否可行，希为赐复。

　　再者，现在该处农民尚在反革命势力之下，此事有守秘密之必要。

1924 年 5 月 12 日

---

　　① 彭素民时任国民党中央农民部部长。

致党中央①

顺业②兄：

现将我们这次的口供及经过，以至我们对这事所拟的办法，报告如下：

（一）孟安（即王子安）③在公安局因有人证明，已经正式承认，并当庭演说过去事。

（二）孟揆（即吕云峰）④未承认。

（三）张际春⑤（即余戴春）已承认本名，惟未承认现在校内⑥有工作。

（四）征（即郭瑞生）⑦供在吴淞考学校，因朋友介绍到新闸路李处。未承认其他。

（五）颐（即安菊生）⑧供同朋友从湖北家乡来宁沪谋事至李寓。

①　1929年8月24日，彭湃由于叛徒白鑫的出卖而在上海被捕，后被解至龙华警备司令部，8月30日下午被杀害。这封信和后面给冠生的信是在被害前不久写的。

②　顺业是党中央的代号。

③　孟安，彭湃笔名。

④　孟揆，即党中央政治局候补委员杨殷的化名。

⑤　张际春，中共党员，黄埔军校第一期毕业，当时任上海总工会纠察队副总指挥。

⑥　校内指党内。

⑦　征即邢士贞，当时任中共江苏省委军委兵工运动负责人。

⑧　颐即颜昌颐，当时任中共江苏省委军委负责人。

未承认其他。

我们由巡捕房经公安局到警备司令部尚未受刑，买食物尚自由，五人拘一处，均上脚镣。我们从公安局解到司令部时，对解我们之警察曾作相当宣传，他们似甚表同情。到警司令部后，与兵士已隔绝。经常给我们来往的，只一上等兵，江西袁州人，对我们尚好。另外有一个同在牢中的警司令部参谋处犯官干臣，粤梅县人，他认识孟安。据他说：司令部军法处甚腐败，可用金钱运动。他有一亲戚尚在参谋处作事，可以设法。我们现正设法与之详谈。此外，慕兰我们亦与之通讯，亦嘱她向守卫我们的特务队方面作活动。现在再说我们对此事所拟的办法：

（一）尽量设法做到五人通免死刑。

（二）上条不能做到，则只好牺牲没有办法之安揆二人，而设法脱免余无口供之三人。

（三）运动丘哥①谋逃脱。

（四）调查现在炮兵营之张庸言（沈夕峰知道），看有变动及希望。因白②亦知此人。

（五）指导慕兰从中活动。

（六）调查及注意王干臣方面之关系及实情。

以上所说诸办法，均须兄方注意进行者。至于我们这方，如有新的线索及办法时，自当随时报告兄处。

补注：

（1）王干臣乃黄干城之误，现暂押在司令部看守所内，可与外人接头（因犯兵士逃走案）。

---

① 丘哥指国民党士兵。
② 白指叛徒白鑫。

（2）际春对过去事已供出，惟不承认现在有工作。

（3）送来二十元钱已收到，已交五元给送信人。送信之丘兄甚好，且见其早晚与二弟兄同来送信，似能接近丘群。望特加注意。

（4）揆之口供为从粤中家乡来作药材生意，这天同一王姓的到被捕处谈生意，并不认识李姓。

揆、安等

卅早

1929 年 8 月 30 日

致周恩来

冠生①暨家中老少：

　　我等此次被白害，已是无法挽救。张、梦、孟都公开承认，并尽力扩大宣传。他们底下的丘及同狱的人，大表同情。尤是丘等，听我们话之后，竟大叹气而捶胸者。我们在此精神很好。兄弟们不要因为弟等牺牲而伤心。望保重身体为要。

　　余人还坚持不认，颐与××瑜个人感情尚好。

孟　揆梦

1929 年 8 月 30 日

---

　　① 冠生是周恩来同志的代号。当时任中共中央政治局委员、中央组织部部长、中央军委书记。

致妻子许冰 [1]

冰妹 [2]：

　　从此永别，望妹努力前进。兄谢你的爱！万望保重！余言不尽！

你爱湃

1929 年 8 月

---

　　① 该信转引自许冰 1930 年 4 月 5 日写的题为《纪念我亲爱的彭湃同志》一文（载 1930 年 4 月 12 日《红旗》第 92 期）。

　　② 许冰，又名许玉庆，广东揭阳人。1925 年加入中国共产主义青年团。1926 年加入中国共产党，并于当年冬与彭湃结婚。1933 年秋，因叛徒出卖而被捕，同年被杀害于汕头市。

报　告

在省港罢工工人代表
第三十六次大会上的报告

各位工友：

　　我们已经很明白，现在社会中有两种人主张革命最彻底的，这两种人应该互相联合，互相团结，然后彻底革命才能成功，这两种人第一是工人，第二是农民，由历史的事实可以证明，欧洲实行无产阶级革命，中国实行国民革命，工人想革命成功，不能忽视农民，农民想革命成功，不能忽视工人，这已成为铁律。我们工人要革命成功，应该研究这个问题——工农联合问题，因为农民是工人的好朋友，与工人在一条路去革命的。所以兄弟现在第一报告广东农民运动详细状况；第二，自有农民运动到现在，每次都经过剧烈的阶级斗争，都是流血的，所以我叫他做血的斗争；第三，最近的东江农民运动。

　　中国四万万人当中有百分之八十是农民，百分之八十的农民当中可以分：自耕农，自己有田耕种，不必向地主租赁的；半自耕农，自己只有少许的田，还要向地主租些来耕种的人；佃农，他们自己没有一些田地，所有的田地都是向地主批来耕种的；还有一种叫做雇农，自己连耕具都没有，为大地主雇去作工，每日给他多少工资，或每月给他多少工资。这四种农民当中，佃农最多，约占百分之五十，半自耕农约占百分之三十，余则为自耕农与雇农。因为中国耕具不良，没有大规模耕种的地主，所以雇农不多。我们再分析各种农民生活状况。我们今日着眼在佃农，因为自耕农和半自耕农，雇农的数目甚少，所以只讲佃农生活，其他便可知道了。我现在讲农民生活，分三部来讲，一，政治，二，经济，三，文化。

在恶劣的政治压迫之下，农民艰苦万分，而一般小头锐面的劣绅，横行乡里，是非屈直都由他们判断，有力的便是，没钱的农民便非；有钱的便算直，无钱的农民便只好算屈，绅士之所以敢如此乱作乱为，都是为了他们与官场互相勾结，农民面黑身粗，衣服褴褛，很少与闻政治的，绅士便得从中操纵。譬如打架，本是很小的事情，绅士都要三敲四剥，倒屈为直。农民以前没有团结，便没有力量抵抗，只好敢怒而不敢言，这是一点。还有所谓什么民团乡团，他们是地主与绅士的武装团体。如果农民不纳租，或违抗了绅士的意旨，马上叫团勇拿获农民。那些团勇是谁给养的？是地主给养？不是的，他们是剥削农民的汗血来的。他们剥削的方法很多：第一人头捐，每个人捐多少钱；第二屋捐，每只屋或祠堂要抽多少钱，还有什么牛捐，耕具捐，火油捐等，真是名目繁多，举不胜举。至于枪械的来历呢，要买枪了，他们就借防御土匪为名，向各处捐钱。及枪械齐备，民团乡团成立了，团员由各乡派来，经费也由各乡分任。总之，这是地主绅士组织压迫农民的武装团体来吸收农民汗血的。

乡下的警察与都市的完全两样，他们在乡下作恶违法，无法无天。他们由县城到乡下要什么茶水钱，脚皮钱，苛者至十数元不等。如果说个"不"字，就要拘人。这些都是农民的敌人。还有贪污的县长，他们到任后便想法子来巩固自己的地位，于是找一般土豪劣绅来拥护自己，作县长的走狗。土豪劣绅为了要借官威压迫农民，便也心甘情愿。县长有了这些纯良的走狗，便敢作弊，如遇各种捐税，只有抽剥一般农民，有钱的富翁反不出一文，而贫农加倍负担。遂有军阀驻防一地鸡犬不宁，我有一次到东莞，那时是刘震寰桂军驻扎的防地，抽收苛捐至四十余种。其中最好笑的，就是山林的林木捐，如果违抗，纵兵放火，把他烧了。（二）肩头捐，即是担货要捐。（三）有所谓水牛捐，每只水牛抽十五元。不久这帮军队调防，换来一批军队，又抽十五元。有些每月抽剥多至三四次，连牛出卖也不够偿这笔苛捐呵。又有田头捐，农民的田里的水沟，水来了便打开来，水退了便关闭，这种启闭的机关所抽的税便叫做田头捐。此外还有拉夫派军饷，至再至三，于是把安宁的村乡弄得个精光。其余各县受防军之骚扰，算不胜算。如果一件一件讲出来，一个星期也讲不完。所以只讲一桩，其他便不难明白，在广东恶政治压迫之下的农民有百分之八十，只有一二成才有政治自由的。

现在讲到经济。农民无田可耕，便向田主批耕，批耕一定要纳租。一亩田能收十担谷的，便要五担以至八担，至少也要五担给地主。农民购置耕具，买肥料，收得的谷白白地送一半以至于三分之二与不劳而获的大地主，自己计算起来年年都是亏本。在广东九十三县中，据精确的调查所得，佃农都是蚀本。但有人一定要说：已然要蚀本，尽可不做，何故又要耕他们的田呢？其实，农人比不得商人，这里的店东不好，可以走到第二间商店。农民在广漠的田野找生活，煞像塘里的鱼一样，塘里没水鱼便要死，农民没有土地也不能过活。我们不能责备农民："耕田已要蚀本，为什么还要耕种呢？"亦犹我们不能责备塘里的鱼："水干涸了，为什么不走过别的塘里去？"一样，许多人问我，我就简单的这样答覆他。还有些人疑问的说："农民已然蚀本，但自若祖若父一直到现在，那有这许多钱来偿还？"我可以这样答覆他：农民除了耕种之外，就去作工，如挑货，抬轿，或在家里养牲畜，来偿他的负债。但这种补救还不够，只好将房子，屎坑，以至被服都拿去出卖，来偿欠债。但仍旧还不够，不得不出于第三种之方法了。这种方法是很残忍的，农民压迫父母妻子，而来偿债。我有一次到乡下，见有父子相骂于其家，我问他什么缘故？他的父亲对我说：我的儿子，把我的被拿去当了，现在天气这样寒冷，每晚只盖干草，寒得要命，不教他一顿，怎么了得。这是农民压迫父母的证据。谁不把妻子装束的美丽些，但是因为没钱的缘故，只好给他一副破烂不堪的衣服，弄得他蓬头垢面，这不是压迫妻子吗？谁不想自己的儿子强壮，但因家贫的缘故，每天吃粥吃番薯，因此，小孩子生得黄皮瘦弱，手足瘦得像茶几一样，而因吃番薯不消化，肚子大得像水桶般大。我有一次到广宁，见一个小孩子，身上穿了一件破坏的衫，连裤都没有，而瘦得要命。我问他为什这样瘦弱？他说：穷家连饭都没有吃，怎能使他强壮？农民为了穷的缘故，便压迫父母妻子。但这还不够，于是鬻妻卖子。我见有一个农民鬻卖妻子完债，田主很客气的说："尔这个人真老实，能卖子鬻妻来偿还，但尔的妻子卖了，也可减少二个人吃饭。"这是田主答覆农民的话。但这样还不够，只有自己卖身，就是卖猪仔。香港工友都知道，香港某某公司，某某商店是收买猪仔的，做猪仔的辛苦想大家都知道，卖过南洋水鱼便要死。谁愿把妻子送去淘锡米，去种烟，一生都不能回来。还有些强悍的农民，流为土匪，或是当兵。由经济情形看来，便知道农民的经济一级一级的降落，这便所谓无产阶级化。人生存在世，第一是要食饭，第二是要教育，第三是要婚嫁。男子长大了，便要娶老婆，女子长大了，便要嫁人，这是人生必经的阶段。但农民怎样呢？一百人中亦有五十人结婚的。但我们常见神主牌上多没有写着老婆的姓氏，询之乡人，才知道多是假写的。我有一次在农民大会中，询问农民有无老婆，举手表示有老婆的只得一半。还有些男子已经十余岁，而其父母便在邻村娶了一个初生的女子，以其不要钱的缘故。但到了后来，男子已三四十余，而女子只十多二十岁。因此，夫妇间发生不知多少纠纷，这是什么缘故？就是为了经济的压迫呵。

文化上来说：农民只有供给田主的儿子读书，自己的儿子反没有读书。我们去问一问：广东大学的经费由那里来的？他的校长一定要说：是由田土保证金来的。田土保证金那里来的？可说完全抽剥农民的汗血，但农民几时才能享受这种大学教育，我可说一生都想不到。假使有个农夫走到广东大学门口，说广东大学是他们的汗血积起来的，校警一定把他赶走的。反革命的地主、劣绅使农民不能受教育，便容易压迫了。

广东农民在政治上经济上文化上所受的压迫大略如此。详细说起来，真要几个月呢。农民占人口百分之八十，在此层层压迫之下，只有两条路可走，一条是革命的，一条便是死，如果不革命便只有死了。自欧洲战后，工人已组织起来，农民受此潮流刺激，也组织起来，向田主反抗了。

第二讲到血的斗争。我们看见许多文学家，教育家，在报纸上杂志上说农民不应阶级斗争，他们是喜欢阶级调和。有些人说："农民不必组织农民自卫军。"我们听见这种主张，很容易驳到他。广东农民运动已经一年，已经成立农民协会的已有三十余县了，而各县的农会都流过了血的。去年正月广宁组织农会，地主劣绅马上进攻，把农民枪毙了。及至十月农民要求减租，地主便勾结驻防军队，组织地主军，武装收租，捕捉农民。当时广宁农民自卫军不过十余人，与之抗争，打死十余人。政府得了这种消息，才派铁甲车队前去镇压，后来才得了事。花县农民协会被该地土豪打死委员长。番禺县花地，蓝保成为农民利益，被地主打九枪而亡。中山横档乡，当罢工之时，一般奸商地主运货出口，农民为了爱国出而制止。但当时有一个英国船与地主勾结，开大炮打横档乡，结果死三十余人。五华农民帮助革命政府，被刘志陆打死数人，把农会解散。其余各县都是流过了血，这是

62

名为血的斗争。

陈军此次受帝国主义的利诱卷土重来，海陆丰防军次第退守。陈军入驻海陆丰，说农民是共产党，将县执行委员，乡执行委员，通通拿来打靶，当时李劳工同志率领农民自卫军，把陈军打败了。后来他们带大队来，众寡不敌，结果农民自卫军打败了，李劳工同志被捕，不久便枪决了。当李同志被枪决时，曾对人民及兵士演说，听者为之泪下。陈军每到一村，闾阎为之一空，而放火烧毁有二三十乡，打死五六百人，可谓惨极！在香港，陈炯明可以随意捉人，汕头来的学生也被捕入狱，现在计算被捕有五六百人。他们也有什么纠察队，在街上听见讲海陆丰土话的人，不分皂白，随便捕捉，被捉之人，只要陈炯明以一封信便可枪决，这是因为香港自罢工后商业凋敝，收入锐减，损失至几千万元，于是用这种手段来泄泄气，可怜我们的同胞做了他的阶下囚，枪下鬼。

海丰农民自卫军只有三百多人，不能与敌军相抗，不得已退回省城。及东征军东征，即随之出发，后政府叫他们看守兵站，在石龙驻扎。日来天气骤冷，农军只有单衣，大家想怎样过夜？昨有客自石龙回来说，农民自卫军因天气太寒，每晚都起来练习拳术，使身体发热，这样过夜。并云：现在已死了一人。这是此次农民军对东征的帮忙，也可知农民对于革命是彻底的。

农民在国民革命当中的重要，我们已很知道了。我们工人应该和农民一样武装起来做国民革命的工作。今天报告太长了，又因为我说话不好，不能使各位工友得到兴趣，这是我很抱歉的。

《工人之路特号》第 117、118 号，1925 年 10 月 18 日

海丰农民运动 ①

第一节　海丰农民的政治地位

一九一一年即辛亥革命以前，海丰的政治状况和辛亥以后以至一九二二年，已经呈出大有不同的地方。而自一九二二以至今年，这四年间更呈出急激的变化（我这里所要说的就是一九二二年以前二三十年间的状况）。

辛亥以前，海丰的农民一直是隶属于满清的皇帝，官僚，绅士和田主这班压迫阶级底下，农民怕地主绅士和官府好像老鼠怕猫的样子，终日在地主的斗盖，绅士的扇头，和官府的锁链中呻吟过活。

在这个时候，一般农民——失业的贫苦农民，已经有了反抗运动的要求。三合会秘密结社之盛行，几乎普遍了全县。一八九五年间，一个农民的失业者洪亚重号召了数千人众，在海丰暴动，到处抢掠。旋为清政府所执而杀之，其后相继也有小小反乱，但不旋踵而消灭。然而他们秘密结社的势力已经谁都知道了！辛亥革命的时候，有钱佬

---

① 本文是彭湃于1924年至1925年间陆续写成的。最早以《海丰农民运动报告》为题，刊登于1926年《中国农民》第1、3、4、5期。1926年9月，本文编进《农民运动丛刊》第19种，初次印出单行本。1927年3月，毛泽东在武汉主持的中央农民运动讲习所又翻印本书作为该所教材。

实在利用这班人加入革命的战线，才得到胜利。所以三合会都公开出来，以为此后可以在政治上取得相当的势力。谁知有钱佬推倒了满清皇帝，得到政权之后，就把他们压迫下去，解散的解散，枪毙的枪毙，从此三合会在海丰就无形消灭了。

辛亥革命陈炯明实利用三合会的势力而取得都督，省长，陆军部长，总司令之各种重要位置之一个代表者。陈炯明一握到广东政权，所有海丰的陈家族，自然随着陈炯明的地方家族主义占据了广东的政治势力及军权，以巩固个人的位置。所以海丰人之为官者，以海丰之人口及土地的面积来平均与别个地方比较要为全世界之第一。他们不但在别个地方铲地皮，在他们的家乡主义底下的家乡，也是一样的对付。所以海丰一旦就增加了无数军阀，官僚，新官儿，政客，贵族及新兴地主阶级（即地主兼军阀）！那么处在陈炯明家乡主义底下的农民，也欢天喜地的庆祝"我们老总"（海丰人呼陈炯明表示亲爱之别名）必能福荫同乡，能够登基做起皇帝更好。

可是他们的希望愈高，他们的失望愈大！他们不但在陈炯明家乡主义底下得不到半点幸福，不但不能脱了地主的斗盖，绅士的扇头，官府的锁链。并且增加了新兴地主的护弁及手枪之恐吓。从前农民与地主发生争议，地主不过是禀官究办，现在新兴地主阶级用直接行动毫不客气的殴打，逮捕，或监禁这些农民了，也可以直接迫勒抵租和强派军饷了。

陈炯明家在海丰城南门设了一个将军府，主持者为其六叔父鸦片鬼陈开庭及陈炯明之母亲。凡行政司法教育苛捐杂税派勒军饷以及商场买卖——人家死一猫死一狗都是要经过他的将军府一度衙门。甚么教育局法庭县署都等于虚设，自然而然的成了军阀，贵族，政客官僚，新官儿，买办阶级，劣绅，土豪，新兴地主及旧地主与其亲戚走狗的大本营——将军府第！

将军府既得了政治上的势力，当然利用政治的工具榨取了不少的金钱，不用说了。于是乎除了大部分投诸外国银行，一部分就挪在海丰收买土地或作高利盘削的资本。

海丰的零落的小地主已不能维持他的地位，纷纷须把土地来卖给将军府。其中好多是千数百年来的契约条文固然不能明白，而土地的方向及所在地也不分明白。陈氏把他买来，叫兵士造了数十枝竹签，上写将军府三字，按着契约上仿似的田土就插下去。一面出布告晓谕农民，谓凡有竹签所插的地方，如有契约的就来认回，无契约的便是将军府所有！

一般土地被其所插之地主，固然可以由契约对回，而多数自耕农及半自耕农被其所插的土地，便多不能收回，其原因：

一，农民的祖宗遗下来的土地，虽有土地契约，然因保管不合法，或为蠹蚀或遗失。起初不晓得马上去税过契，后来一天过一天，一代过一代，都得安然按地耕种，无时间及专去注意这件事，故多有土地而无契约者，一旦受其所插而无可如何。

二，到将军府比入皇帝殿尤难。农民要到将军府说话，差不多要先拜候绅士，专托一些贵族，官僚，政客，度度去用钱，才能去见陈六太（即开庭），这是农民绝对做不到的，所以有契约的亦等于无。

三，即可得向将军府交涉，而昔日之契约条文往往不甚完备。以将军府如此横行，倘若靠着他们的良心来维持农民的田土，直等于痴人梦想！而且农民又不大会说话，即使会说话也不值他们一骂："糊涂赶他出去"！

因为以上三个原因，一般农民就敢怒而不敢言的屈服了！

又他们到乡村去收租，都是叫护弁或警察武装收租的。有一个叫做圆麻乡的几家人，因凶年还不清租，他们就叫护弁搜家，吓得男妇老幼魂不附体，抢去妇女的头鬃装饰品六件，值银两元，小孩烂衣服六件，米二升，谷种一斗。以后该乡农民誓愿饿死不再耕陈家土地，就实行总辞田，但地主说："你耕也好，不耕也好，我是一定要向你收租的！"以后适陈炯明回来海丰，农民去告诉他，陈炯明说："你们要辞田，怪不得他要向你收租了。"农民哑口无言。

又有一次当年关的时候，将军府的亲戚陈基隆写了三张讨债单：

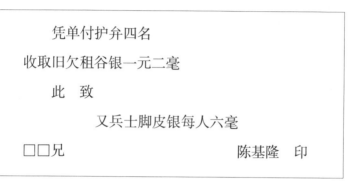

凭单付护弁四名

收取旧欠租谷银一元二毫

此　致

又兵士脚皮银每人六毫

□□兄　　　　　　　　　　陈基隆　印

三张单都是一样写法，不过是分三个债务者。当他们的护弁到乡时，乡民皆惊奔，护弁掠鸡数只，并放了数枪而去。

诸如此类，不一而足。这就是海丰农民在政治上所受的痛苦。

第二节　海丰农民的经济地位

（一）自耕农的堕落

海丰一县人口约四十余万人，约七万余户，其中五万六千户是属于农户，这些农户中的成分可分为以下几种：

一，纯自耕农　　　　约占百分之二十，

二，半自耕农　　　　约占百分之二十五，

三，佃　　农　　　约占百分之五十五

至于自耕农兼小地主及雇农极为少数，全县简直不上五百人。

自耕农兼小地主其地位比较颇为优越，而半自耕农之地位则次之，最苦者莫如大多数之佃农。

自耕农兼小地主及自耕农这两种农民本可自给自足，自帝国资本主义侵入以来，中国的工商业不能发展，而一般手工业又被其打得粉骨碎尸！为帝国主义的海关政策所束缚，同时一般物价日高一日，而农产品之价格极其量只得保持原状。故农村的生活程度只有继长增高，农村日趋荒废。况且帝国主义者勾结军阀连年战争，于是农村对于种种军费负担真是无微不至。苛捐杂税农民负担亦异常重大，农村生活日陷困难，结果收入不敷支出，不得不变卖其土地以应付目前生活之恐慌，遂至零落变成佃户——逐渐无产阶级化。

二十年前自耕农有十户之乡村，最近只有二三耳。

二十年前乡中有许多贡爷秀才、读书穿鞋斯文的人，现在不但没有人读书，连穿鞋的人都绝迹了。

（二）佃农之亏空

佃农向田主佃一石种田地（以中等为标准），每年中等年况两造可收获得二十七石，除了一半还田主的租（纳租额自百分之五十至七十五），所余十三石五斗算为一年中的收入，每石价格值银六元计银八十一元，又禾稿约三元，共合计收入银八十四元。但是此项里头有一部血本未扣除：

一，肥料每年两造三十元，

二，种子费约五元

三，农工具消耗费约五元

以上合共四十元，此外还有一件很重要的本银，是农民最易忘记的——或完全不知的，就是工钱。本来工钱的计算，在农民的劳作的零碎状态和复杂状态中，是很难把算学计算，但也可以找出一个标准。大约每个身体强壮的农夫的劳动能力，至多仅可耕得八斗种宽的耕地，而一个农夫每年要用多少生活上必须的营养资料，才能持续耕八斗种的田地呢？那么就应该从一个农人的衣食住三方面求之。现在别的不要说，单讲食每餐至少要用六个铜仙（即半角），一天就要一角半钱。以一年计就要五十四元。合计上述肥料费等共血本九十四元，再把来与收获所得八十四元相抵，不敷十元之多，表如左〔下〕：

甲　收入之部

（1）一石种每年收获——二十七石——除一半还地租之后，剩十三石五斗，每石价值六元共得八十一元

（2）禾稿——三元

合共八十四元

乙　支出之部

（1）肥料——三十元

（2）种子——五元

（3）农具消费——五元

（4）工食——五十四元

合共九十四元

收支相抵不敷十元

难道他们除了食之外不用穿衣吗？房屋坏了不用修理吗？夜来不用点灯吗？都不用养父母妻子吗？自己老了无力耕作时，都不用养一个孩子来代替工作吗？我看起来样样都要紧的，既不能免那就亏空得更利害了。

（三）佃农的救济法

佃农的生活既然如上述这样的痛苦，他就不得不想出一个补救之法，大概可以分为积极和消极两方面：

在积极方面：就是佃农除了耕田之外，或种山或植果子，或养牛猪鸡，或上山斩柴割草，或为船夫，或为抬轿挑工……种种。将所获的微利来补救亏空，但总是不够的。

在消极方面：因积极的方法仍不能弥补所亏，乃将其所有祖宗遗留下些少田地屋宇厕地典卖了，或把农具都押去了。或者就是借债——高利债等，这种典卖借押的结果还不足弥补，乃进一步用其最残忍的方法了。

本来农夫甚会爱敬其父母，痛惜其妻儿的。因生活之困难，忍不住外来的剥削，常夺其父母妻儿的衣被去当，使其不能御寒，减少其食料，使其饥饿。我们每每见农村小孩穿的衣服，多数有了数十年的历史，经其祖宗几世穿了遗留下来的，补到千疮百孔，硬得如棺材一样。儿童因为失了营养，所食的是芋和菜叶之类，所以儿童的手足，都是瘦到和柴枝似的，面青目黄，肚子则肥涨如兜肚状，屁股却小得怪可怜，屎与鼻水终日浸着，任苍蝇在目边口角上体操，都不会知觉把手动一动！他们对于父母亲，本来是要好的白米饭猪肉蔬菜……等来供养他，这是人之常情，因为无钱之故，就把这些米肉等从父母的口里抢出来，代以蕃薯水及一些树根木叶。农夫也会爱其老婆漂亮些，可是结果只有剥了他的新衣首饰，代以破烂不能蔽体的着物，任凭爷们笑他无廉耻，只有低头缩在破烂的房子里。他们这样去压迫和欺凌其父母妻儿，致引起家庭间父子夫妇的冲突，日陷于悲哀和不幸。

农民这样把生活费减少而压迫父母妻儿，仍是不能填无底深潭的亏空，仍不能厌地主们享福的欲望，乃更进一步嫁妻卖儿的政策以抵租债者。妻儿卖尽，问题就发生在他的本身，遂不得不逃出农村，卖身过洋为猪仔，或跑到都市为苦力，或上山为匪为兵，总是向着"死"的一条路去！

海丰县召冲乡有一个地主黎某，对农民异常苛刻，迫农民租，农民乃卖子以还租，该农民并以卖子还租事告地主，希望其可怜。地主笑道："卖子还租算是一举两益，你还清租便是汝的老实，我的田还是继续给汝耕，此其一；你卖了子家里少了一人食饭，减了汝一个负担，此其二！"

第三节　海丰农民的文化状况

海丰虽有中学师范高等小学国民小学之设，但只限于城市的地主们或富商的儿孙们才得到教育的机会。至于农民呢？只有负担有钱佬的儿孙们的教育经费。全县教育经费之收入大约百分之八十是抽诸农民，而农民倒不知教育是甚么东西！全县的农民能自己写自己的名字者不到百分之二十，其他百分之八十连自己的名字都不会写的。

他们所操的言语，多属于一种土话，若不是农村长住的人，虽是同一样语言的人，也怕不容易懂，同时若受了教育的人所说的话，他甚至完全不懂。我们对农民谈到中国受帝国主义军阀的祸国害民的政治问题，听其意见，大都是保留其数千年来的旧观念："真命天子不出世，天下是不会太平的。真命天子一出来，连枪都不会响了，便马上可做皇帝。"对于经济方面如关贫穷种种痛苦压迫的问题，他们大都说："这是天命使然"，并且"没有得到好风水"。

乡间完全没有阅报演讲团平民学校之设，不过有唱戏唱曲及舞狮种种之娱乐机关，然其中的戏剧歌曲文章几千年来差不多是一样。

所以农民的思想，一半是父传子子传孙的传统下来，一半是从戏曲的歌文中所影响而成了一个很坚固的人生观。以反抗（革命）为罪恶，以顺从（安分）为美德。对于旧教育（如满清时的八股先生）教其安分守己，顺从地主，尊崇皇帝为农民所最欢迎，如新教育反抗命运风水……等都为农民所讨厌。他如菩萨鬼怪等说，更为农民所信仰，这通通都是压迫阶级，欲农民世世代代为其奴隶，而赐与这些奴隶的文化。

有的只是那些乡村的私塾，请了一个六七十岁的八股先生，教一般面黄目青肢瘦肚肿的农村小孩们，读"子程子曰……""关关雎鸠……"，不会念的就罚跪抽藤条打手板夹手指等酷刑，简直只有把这小孩们快点弄死罢了。然而农民们不但不以为怪，并说这个先生明年还要请他再干，又说有这位严厉的先生，这般小孩们就不会回来家里哭，嘈闹！唉！这等学校简直是一个禁止一般青年农民呻饥号寒的监狱罢了。

"教育重地""闲人免进"虎头牌赫然的教育机关。高唱着强迫教育的口号，每每派视学员到乡村去查学，把一般小孩和八股先生惊得鸡飞狗走！结局局长就换了一位师范生或中学生，又所谓校长所谓教员，增加了学生的学费，附加了甚么农产品的捐税，今日教甚么算学，明日教甚么格致，再教甚么历史地理古文体操，废止了野蛮的酷刑，而用文明的面壁，记过和扣分。表面上多么好看，结果使一般面青目黄的小孩们回想到念那"子程子曰""关关雎鸠"是没有这样多么麻烦和苦恼。这种绝不考虑病的农村小孩而硬施以费神费脑的教育大家，我说他是杀人不用刀！

第四节　农民运动的开始

　　一九二二年五月间我为海丰教育局长，还是发着梦的想把从教育入手去实现社会的革命，因召集全县男女学生多数有钱佬的儿女，在县城举行"五一"劳动节，这算是海丰有史以来的第一次，参加的绝无一个工人和农民，第一高等小学的学生高举着"赤化"二字的红旗去游街，实在是幼稚到了不得！海丰的绅士以为是将实行共产公妻了，大肆谣言，屡屡向陈炯明攻击我们，遂致被其撤差，县中所有思想较新的校长教员们也纷纷的下台了。此时我们曾和陈炯明的家乡报《陆安日刊》开了一场思想的大混战。我和李春涛同志等出了几期《赤心周刊》，自命是工农群众的喉舌，可是背后绝无半个工农，街上的工人和农村的农民也绝不知我们做甚么把戏。有一天我刚从外边回到家里来，我的妹妹阻止我不好进去，说母亲今日不知因何事哭了一场，说要打死你。我初是以为我的妹妹是故意来骗我，跑进厅内果然我的母亲在那边哭。查问起来，因我们在《赤心周刊》做了一篇《告农民的话》，出版后放一本在我的家里，我的七弟他把读出声来，适我的母亲也在傍听。七弟刚刚读完了那篇文章，我母亲的泪遂泫泫下而至放声的哭起来说："祖宗无积德，就有败家儿。想着祖父艰难困苦经营乃有今日，倘如此做法岂不是要破家荡产吗？"

　　我乃极力多方劝解始无事，此时我就想到，这篇文章若是农民们看了，心里必非常欢喜，并且要比我母亲的痛哭有相反的利害。同时我也自信农民一定可以团结起来。我们乃放弃《陆安日刊》无谓的笔战，而下决心到农村去做实际运动。此时在本地和我接近的朋友，都是站在反对的一边，他们说："农民散漫极了，不但毫无结合之可能，而且无智识，不易宣传，徒费精神罢了。"同时我的家庭，在海丰县可以算做个大地主，每年收入约千余石租，共计被统辖的农民男女老幼不下千五百余人。我的家庭男女老少不上卅口，平均每一人有五十个农民做奴隶。我家里的人听说我要做农民运动，除了三兄五弟不加可否外，其余男女老幼都是恨我刺骨，我的大哥差不多要杀我而甘心。此外同族同村的人，都是一样的厌恶我。我只有不理。

五月某日我即开始农民运动的进行、最初到赤山约的一个乡村。我去的时候，是穿着白的学生洋服及白通帽，村中一个三十多岁的农民，看我来了，一面在村前弄粪土，一面向我说："先生坐，请烟呀！你来收捐吗？我们这里没有做戏"。我答道："我不是来收戏捐的，我是来和你们做朋友，因为你们辛苦，所以到这里来闲谈"。农民答道："呀！苦是命啊！先生呀请茶，我们不得空和你闲谈，恕恕"！他说完这句话便跑了。少顷又来了一个二十多岁的农民，样子比较清醒些他问我道："先生属那个营？当甚么差事？来何事？"我答："我不是做官当兵的人。我前是学生，今日特来贵村闲游，目的是要来和你们做好朋友……"他笑说："我们无用人，配不起你们官贵子弟，好说了请茶罢！"也首不换头的那边去了。我想再多说一句，可是他已听不到了。我的心头很不高兴，回想朋友们告诉我枉费精神这句话，心里更是烦恼。我就跑到第二个村，一跑进去，那犬儿向着我大吠特吠，张着牙齿对着我示威，我误认他是来欢迎，直冲入去，见门户都是锁着，去街的去了街，出田的出了田。再跑过第三条村，适太阳西下，天将晚了，恐怕村中农民疑我做甚么事，不便进去，乃回家。

我回家里没有一个人肯对我说话，好像对着仇人一样。他们饮食完了，只剩的饭汤一斗，食了点饭汤，再到我的房子去，把一部日记打开，想把今天的成绩记在里头，结果只有一个零字。一夜在床上想法子，想东想西，到了天亮，爬起身来，随便食了一餐早饭，就再到农村去了。在路上看着许多农民挑着芋或尿桶等到城里去，若在小路相逢的时候，我是很恭敬的避在路边，让他们先过，因为城市的人每遇乡人是不让路的，只有负担的农人让那空手的城市人。所以农民至少必有一部分知道，我是看重他们的一个城市人。

我又再到昨日所到的农村来，遇着一个四十多岁的农民，他问我："先生呀！来收账呀？"我说："不是！不是！我是来帮你收账的，因为人家欠了你们的数（账），你们忘记了，所以我来告诉你们。"他说："呀！不欠他家的账还是好的，怎有账在别人处？"我说："你还不知道吗？地主便是欠你们的大账者，他年年闲逸无做工，你们耕田耕到死，结果将租谷给他收去，他们一丘田多者不过值百元，你们耕了千百年，试计算一下，你们给他收了好多谷呢？我们想起来，实在是不平，所以来和你们磋商，怎样和地主拿回这笔账！"他笑道："有得挪就好了，我们欠他一升一合还要锁打，呀！这是命中注定的，食租的久久是食租，耕田的久久是耕田！先生你请——我要出街去。"我问："老兄你是贵姓名？"他答道："我是……我是在这个乡村，无事请来坐罢！"我知道他很不愿意告诉我，我也不再去问他。村中女子做工者颇多，男子则出田的出田去了，女子也不便和他说话，我徘徊了好久，就再过别村去了。

是日跑了几个乡村，结果是和昨日同等于零。不过是日的日记比昨日多说了几句话。

是晚我忽然就想到，一来我对农民所说的话，太过文雅了，好多我们说来农民都是不晓，所以就把许多书面的术语翻译做俗话，二来是我的面貌身体服装与农民不同，农民惯受了面貌服装不同者的压迫和欺骗，一见我就疑是他的敌人；二者表示阶级不同，格格不入，总不欢喜和我接近。所以乃改变较为朴实的服装，并且想出明日进行的一个新计划，就是决定明日不到乡村去，专找在农民往来最多的十字路中去宣传。

次日就到一个龙山庙的面前的大路去，此路乃是赤山约、北笋约、赤岸约、河口约交通的孔道，每日都有无数农民在此经过，并且在庙前休息。我就乘此机会，对他们开始谈话，大概是说些痛苦的原因，及救济的方法，并举出地主压迫农民之证据及农民应有团结之必要，起初只与少数人谈话，但愈听愈众，遂变成演讲的形式，农民听者都是半信半疑，是日与我谈话的有四五人，听我演说的有十余人之多，其成绩为最好。

第五节　六个人的团结与奋斗

由第二日以至半个月的时间，我都是站在路口，与过路农民谈话或演讲，大约喜欢和我谈者已有十余人，听讲者增至三四十人，比前大有进步。我还记得有一天走到城中，遇着商店里的人看见我呈出一种特别可以注意的形状，我的家里亦有许多亲戚拿着许多食物来看我的病状何如？我这时觉得甚为奇怪。后来得一个在我家里雇佣的工人，对我说："喂，你以后在家闲坐好"。我问："为甚么？"他答："外边的人都说你有神经病，你须休养才对。"他说完几乎把我笑死。后来查出是一班反对的绅士所制造的谣言。同时乡村的农民也有许多人都信我是有精神病的人，几乎看见我就好像可怕，要避开的。但是我仍积极在龙山庙前做宣传。有一天，我是专讲农民如能有了团体，把自己的力量团结起来，就可实行减租，那时地主一定是敌不过我们，只有束手待毙。甚么三下盖伙头鸡，伙头钱送家交纳，铁租无减，加租，吊地种种压迫都可以免除净尽。我刚说到这里，有一个四十多岁的农民就厉声说道："车大炮！说减租！请你们名合不要来迫我们旧租，我才相信你是真的（名合是我家里一个店号）。"这时我方欲开口答话，忽从我的旁边一位青年的农民起来说："你这话真是错了，你是耕名合的田，名合如能减租，不过是你的利益。我呢，不是耕名合的田，怎样办呢。所以现在我们不是去求人的问题，是在我们能否团结的问题。好比着棻子一样，谁的度数行得好，谁就胜利。倘自己毫无度数，整天求人让步，也是失败的。今日不是打算你个人的问题，是打算多数人的问题。"我听了这几句话，欢喜到了不得，我的心里想道："同志来了。"我就问了他的姓名，晓得是张妈安君，就约他于今晚在我闲馆来谈话。他果于是晚来找我，我就表示我欢迎他的心情，他说："我们听见你讲演以后，每每与乡村里头和一班未睡醒的人驳论，他们总是恐怕你说谎，我们有几个很相信你的说话……"我接着就问道："那几位呢？"他答："有林沛，林焕，李老四，李思贤……通通是我的好朋友"。我说："今晚可请他来谈话吗？你去叫他，我就备茶来待。"他说："好！"就去了。不好久，我的茶热了，张妈安君和他的朋友通都来了。我看他这几位农友，都是不上三十岁的青年农民，举动说话，都很活泼，我就一一问了他们的姓名，谈起农民的运动了。我提出一个困难的问题："我天天下乡去宣传，农民总不理我，总不愿意和我多谈点话，你们有何办法。"林沛说："第一是农民不得空闲，第二是先生的话太深，有时我也不晓，第三是没有熟悉的人带你去。至好是晚间七八点钟的时间，农村很得空闲，我们可在此时候去。同时你所说的话要浅些，或由我们带路"。我听了他们这个办法，知他是很聪明的农人，他并且郑重告诉我："你到乡村去宣传，切不可排斥神明。"我听了这话，更服膺弗失。李老四说："喂！我们几个先立一个农会，将来有人来加入，那就不用说。如无人加入，我们也不要散，好不好？"我赞成道："那好极了"。①

---

① 这里是指成立"六人农会"。按彭湃1923年2月9日给李春涛的信（见本书第24页）所说，是1922年7月29日成立，加入者七人。

我说："明天你们找二人同我下乡去行一行，晚上就在那乡村约农民来听演讲。"他们很赞成，就举张妈安林沛二人，并约定明早出发。大家很高兴的再谈许久乃散会，我在日记簿记道：成功快到了。

次早饭后，张林二农友果来了，一同出发，到了赤山约附近几个乡村。村中农民经过张林二人介绍之后觉得和我很亲密，而且很诚恳的和我谈话。我就约定附近几个乡的农民今晚来此听演说，他们很赞成。及晚，他备好桌椅及灯火等我了，听的男女小孩约有六七十人，小孩站在前面，男的站在中间，女的站在后头。我所讲的，就是农民痛苦之所由来，及地主苛待压迫农民之事实，农民应如何解救。我讲时是问答式，所以是晚农民很赞成我的话，并知道他们理解的能力。我演说毕，并定改晚再来时，设有留声机，还有魔术做，届时必先通知你们。

第二日到别个乡，也很好。第三日，我就通知那几个乡村的农民来看魔术，并听演说。时间到了，来的农民男女有二百余人，我演了魔术，农民就喝彩，我乘兴就演说，结果也是很好。如是者有一两个星期，所得成绩不少。可是林沛张妈安二君在这几天好像心里别有所思——表现有些灰心，不大活泼，我以为必定是地主造谣中伤以致别有顾念，我就很诚恳地问他："到底有何缘故？"他初不肯说。我硬要他说。他就答："我们父母及兄弟等看我天天不到田里去做工，到你处闲游，很不满意，我听父母骂我：'你去跟彭湃，彭湃不怕饿死，你就会饿死哩！我今天出来的时候，我的父亲几乎要打我。不只一个父亲母亲，兄弟老婆也同一样的不满意，所以我的心里很烦恼不快！"我和张林二人想了许久，想了一个很好的办法，由我去向朋友借了三块钱，先交林沛，使林沛回到家里去，把袋里的钱挪起来算一算，弄在地上拼起声来，沛君的母亲果然问道："钱从那里来？"沛君答："无钱那个想出去，你不要以为我是闲游，是有钱才去做的。"

他的母亲就变怒为喜了。同时他的兄弟也不敢多说了。老婆看见丈夫有钱，更不必说了。沛君把这钱马上挪回来，交给张君，也依法去到他的母亲面前弄弄，也得到同样的胜利，张妈安君即将该钱带回来，由我交还了朋友。这个方法实行后，大约有一个星期的时间，可使张林二君切实去工作，这时张林二君很进步，居然会演说了。

可是说到要求农民加入农会，则比甚么都困难，一般农民都是说："我是很赞成加入农会的，等人家通通加入了，我一定是加入的。"我们就对他解释，若是个个都和你一样，千年后还是没有农民成立农会，我们入农会，比方过河一样，这面河岸是痛苦的，对岸是幸福的，可是个个都怕被河水浸死，都不愿先过，我委他，他委我，互相推委，结果没有一人敢过。我们加入农会，即是联合的过河，手握手的进行，如一个跌下河去，就手握手的接起来，所以农会是互相扶助，亲如兄弟的机关。他始说道："好了，加入加入。"我就把他们的名字记在簿子里。同时有几个听了也要加入的，因我要将名字写在簿子里，以为将来一定上当，惊怕的跑了，我以后就不敢用簿子记名字了。从此每星期加入的不过两人，我们继续努力一个多月，才加入三十余人。

这时间，适有赤山约云路乡，有一会员的媳妇才六岁，因出恭跌在厕池溺死了。他的外家即母家男女三四十人到云路乡来打人命，谓我们会员无故打死他的女，一定要偿命，来势甚凶。我们便召集了三十个会员开会磋商如何对付，决议由全体会员到云路乡向那来打人命的理论，看谁道理长。我们到后，就质问那来打人命的人是何道理，并将男女的姓名一个一个都写在簿子里，我们喝他回去道："你们一定上我们的当。"他们因我们把他们的名字都写起来，不知道我们弄何手段，所以有点惊怕。当时适遇一个约正卓梦梅来调停，拟把农民来处罚，被我们赶他出去，几乎要把他来打。打人命的人更骇怕，只要求："你们若不赔命，须开棺来看看。"我们说："好，你敢开，就去开，你不怕坐监，就可去开。"那班妇人听见坐监，更怕，遂牵着那些男人衫角要回去。我们更是迫他们退，他们又说："我是对我的亲戚，关你们何事。"我们道："你还不知道我们有了农会，农会是贫人的会，团结一起，亲甚兄弟，他的事即我的事，我的事即他的事，今日我们农民兄弟有事，生死是来相帮，我看你们也是耕田的，他日必加入农会，如果你加入了农会，也是一样的帮助你们，你们快回去吧。"他们乃垂头而去，我们毫无损失。这件事一传出去，很多农民知道农会的兄弟尽忠心，能够互相帮助。我们并且挪来作宣传的材料，说："我们若不团结，就无力量，无力量的人，定受人欺负，大家若要力量，就请速来加入农会。"这个时候，加入的人逐渐增加。

不久又发见农民互相夺耕及地主加租易佃的事，我们农会就定出条例，大概是说，凡已是会员，未经该会员之许可及本会之批准，不得夺耕。如地主对我会员加租易佃时，凡我会员未经该被易佃之会友声言放弃及本会之批准，无论何人，不得认批耕作，如违严重处罚。如会友被地主加租收回耕地时，该会员如感受生活之恐慌，得请求本会代其设法，向附近会员磋商让耕，或介绍其作别种事业。此条例发表之后，会员与会员间，完全无互争之事，地主亦受了抑制，不敢对农会会员加租。不过有的系非会员夺会员之地，我们即派人前去忠告那非会员，即时就交还我们。但是地主很不满意，谓原佃不好久租，无论如何不给原佃（即会员）再耕。我们即宣告"同盟非耕"。地主恐田地荒了，不得已，仍归原佃耕作，我们又得了一个胜利。

又有一件事，是农民用船驶到城市的河边来运粪肥等，那城市的土霸，就强要他的码头费，每只船二毫，如不照纳，即将舵取去，如去赎舵，数元不等。农民不胜其苦，农会即宣告取消。我们的方法，就是如遇城市的土豪向乡村经过，或有城市的船艘到乡村，我们就要他纳路费，如他不给我们，我们就不用给他，所以码头费又无形取消了。

我们又发现农民时常自己发生争端，每为绅士土豪所利用，诉诸官厅，卒至破家荡产。我们乃发出通告，凡农会会员自己发生争端，须先报告农会，如不先报告农会，去报告绅士及官厅者，姑无论其很有道理，即宣告除名，以全力帮助其对敌之会员。如本会会员与非会员争端时，会员亦须先来报告。如对于地主有争议时，不来报告而交涉失败，本会概不负责。

从此以后，乡村的政治权力，已由绅士土豪之手，而移至农会。同时各区警察及司法衙门之生意，亦觉冷淡，由是警察法官亦深恶农会。农会既为农民解决许多纠葛，及帮助其胜利，故加入者日众。

第六节　由赤山农会 至海丰总农会

这个时候，已经是十一年九月间了，加入的会员约五百余人，是属于赤山（二十八乡）为多，乃定于九月某日开赤山约农会成立大会，到会者全体会员，参加者有中学校长黎越廷，高小校长杨嗣震等演说，并推举黄凤麟等为会长，茶会后，各会员甚兴高彩烈而散。自这成立会开后，益加影响到各乡，请求加人者日渐加多，大约每日平均有十个人了。

加入农会之手续，由其本人到农会祈请入会，并交二角银为会费（本来入会是要入会金和年费或月费等，当时因为恐农民头脑不易明白，致使入会者发生疑问，故定每年收二毫，较为简单，而便其宣传，俟将来各农民加入后，有相当的训练，始为改变）。并由我们与之谈话作宣传，再给发一会证，其原形如下（以名片纸印的）：

农会会员证

姓名

乡约

不劳动不得食
宜用心宜协力

年月日

此时农会并发出有宣言（须待查检）及农会利益（须待查检），兼之无论何日何夜，我们必到乡村去宣传。到了十月份，加入农会会员每日平均有二十人了。由赤山约而平岗约，银镇约、青湖约、河口约、西河约、公平约、旧墟约……十余约，都成立了约农会，把县城东西南北都包围起来了。这个时候，我们就筹备成立海丰县总农会。

这个时候，农会就发起组织一个济丧会，由会员自由加入，约百五十余人，无论那个会员的父母或自己死了，由各会员挪出两毫钱来济丧。此方法宣布后，第一日即有某会员的父亲死了，各会员挪出两毫钱，共约三十余元，同时会友并往致祭，行送葬的礼节，农民益加欢喜。到了第五日，又有会员的父亲死了，这个时候，济丧会的会友无法负担，乃先由农会代出，另日由济丧会筹还。到了第七日，又有一个会员死了，再由农会代出三十元。这个时候，济丧会会员吓了一惊，成立未十天而死者五六人，倘继续下去，如何办法呢？乃开全体会员大会，宣告临时停办，俟农会财政充裕时，始继续办理。

又办了一间农民医药房，在海丰大街，由一热心农民运动之西医生某君担任医生，凡农会会员有病须药者，准由该会员执会员证到来领药，药价仅收一半，非会员则全收。请诊症者如遇会员，不取诊费。并由该西医之老婆担任接生，凡遇会员不收接生费，仅取药费一半，大约二三角钱。自是领药接生者甚众。甚至有非会员而借会员证去领药者亦有之，乃在会员证中加数条规则以限制非会员借用，并规定会员证失落补领费二毫。

到了民国十二年，新历一月一日，乃海丰总农会成立大会，此时加入会员已达二万家户，以农会管辖下之人口计，有十万人，以全县人口比较，占全县人口四分之一。是日各乡代表到者共六十余人。开会秩序：（一）主席宣布开会理由，（二）各代表报告，（三）主席报告筹备经过，（四）演说，（五）选举，（六）讨论章程，（七）提议，（八）欢宴。结果选出彭湃为正会长，杨其珊为副会长，蓝镜清为财政，林沛为庶务，张妈安为调查……（其余忘记）。总农会之组织图表如下：

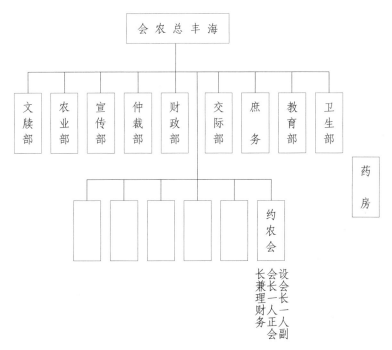

讨论的问题是：总农会成立后必须增会费，查番薯市，糖市，菜脯埔市，地豆市，牛墟菜市，米市，柴市，猪仔市，草市，通通是农民的出产，每一个市的权力皆绅士土豪或庙祝所掌握，计番薯市每年至少亦有五百元之收入，倘各市算起来，每年收入可得三四千元，可否将该各市的权移在我们手里？决议：我们欲握到市权，一定与绅士冲突，宜先与交涉，如绅士不肯将市权交出，我们就将番薯先移过别个地方，其余各市亦相机进行，并限三日内进行。进行的步骤，先由农会制出一枝公秤，由农会派人到番薯市去管理。绅士大加反对。农会即布告全县农民，将番薯移过附近农会之处摆卖，绝对不准到原旧市摆卖，我们果得胜利，乃将该市收入，拨为农民医药房经费。

农会的会旗，是用黑赤两色分四联合。此是因海丰前日各乡各姓有黑红旗之分别，时常发生械斗，当械斗杀人是很利害的，他的岳父或兄弟等是黑旗，自己是红旗，也不客气把他杀死。所以我们不用黑，也不用红，用黑红联合旗，以当日械斗的勇敢奋斗的精神来干革命，所以农民黑红观念从此打消了，共用一农旗。农会的印是用圆形的，因农民很怕四方印即官厅印，一印出来，就是剥削农民的告示，所以农会要使农民注意，乃用圆的。

此时农会渐渐得到城市的中学生高小学生及较为觉悟的知识分子的同情，多来帮忙者，农会即给与宣传工作，故此时之宣传工作亦进步。宣传之方法：（一）定期演讲，即由各乡订定时期，由宣传部派员前往宣传。（二）是轮回宣传，由宣传员到各乡去轮回宣传。（三）是临时演讲，由农会通告各乡会员，如遇各乡有迎神赛会演戏等等，须于三日前报告农会，由农会派人前往宣传。故各乡来请求宣传者甚众，有应接不暇之势。

教育部的工作。农民怕新学如怕老虎，谈起新学就变色。何以呢？（一）教育局系官厅性质，教育局下一训令到乡村去，农民先要敬奉局丁的茶钱，如教育局所限期间，该乡不办起来，就拿学董。（二）教育局完全不会指导农民办教育。（三）农民无钱，教员又贵。（四）学生学费也昂。（五）农民子弟多劳动，以生活为紧，不暇去享受教育。有这几个原因，迫他办教育，就把他弄怕了。所以农会对于教育，打出一个新口号，叫做"农民教育"，即是办农民学校。农民教育，是与新学不同，是专教农民会记数，不为地主所骗，会写信，会珠算，会写食料及农具的名字，会出来办农会，便够了。农民很赞成。而且替他请便宜教员，指定校舍，规定学生，读书不用钱。他们多加喜欢。那末，学校经费从何而来呢？就是由该建立农民学校的乡村，指定相当的耕地，作为学田。由学校向地主批耕，种子肥料由农会出钱，农具牛只人工由各入学学生的父兄分配工作去犁去抓去种，及至刈草时，则由先生率学生到学田去，把学生分为甲乙丙丁四队，田草也分甲乙丙丁四段，每队担任刈一段来竞争，马上就把草弄完了，而且学生也可习耕种的方法。到了禾将成熟，再由学生父兄去收割，除还地主租外，余的送给先生做薪金。这方法实行之后不一月，而农民学校之成立者十余校，夜校也有数间，概由教育部指挥之监督之。自是与教育绝缘的农村儿童，有五百余人得入学校读书了。

农业部的工作。因为我们不是农业专门家，所以对农业是无毫把握，而且农民在未减租及未得到永佃权以前，农民对于农业的改良，只有为地主行孝耳，看他们每因土地不是自己的东西，连肥料都不肯尽量放下去。有的肯下肥料的，倒因弄好了田出多了谷而惹起田主之加租，所以不如不下还好！海中有一个蚕桑局，每年花费了不少的钱，时时去劝农民种桑，农民皆因怕地主之干涉，及恐怕失败无租谷交还田主之故，皆不敢去种，即外洋的肥料也不敢试用，由这点看来地主的土地所有权是很妨碍农业的发展，至如要整理耕地等更是不容易的事了！但是我们要养成农民有公共的观念，乃由农会发起种山松。因各乡村前后都有大小的山，这些山是毫无树木的，城市的资本家想去种山，农民多不肯，而农民本身又无能力，乃决由农会出资买松苗，农会会员出工去种，将所有的山松，归为全县农民之公有财产，到有利可得的时候，那负担作工的得多一点分配。一举办之后，各乡有山的都欢迎农会去种。并且种下去的山松，不要甚么森林警察，因农民个个都是警察，如有遇火，附近农民便会去救，甚为得法，我们当时计划三年内就可把全县的童山变成绿色的树林，关于水患也可减少。

仲裁部的工作呢？就是做个和事佬，但是我们能够在和一件事的时候，来攻击现社会的私有财产制度之罪恶。据该部所报告的案件：

婚姻案占	百分之三〇
钱债案	百分之二〇
业佃争议	百分之十五
产业争夺	百分之十五
命　案	百分之一
犯会章	百分之一
迷　信	百分之一〇
其　他	百分之八

该部所统计，婚姻案为最多，如离婚入赘发生冲突，夫老妻少以致冲突，奸淫，拐带，嫁妻，其中又以入赘发生冲突为多。

卫生部的工作。即上述农民医药房接生等之事，据该部的报告所医之症如下：

因营养不良发生贫血证发冷者占	百分之六〇
刀伤疮痢等	百分之三〇

崩脚赚者	百分之一〇
接　生	百分之五
杂　病	百分之五

该部所用的药料，以金鸡腊散为最多，次为皮肤病药。

海丰总农会在这个时期，已经入于极盛之状况。海丰此时期之执政者——县长，为陈炯明最亲信之翁桂清，他不赞成农会，也不敢解散或禁止农会，所以我们得以比较自由发展，农会至此，亦有相当的力量。惟我们对内（农民）的口号：一，减租；一，取消"三下盖"；三，取消"伙头鸡""伙头鸭"，取消"伙头钱米"；四，不给陋规与警察。对外的口号：一，改良农业；二，增加农民智识；三，作慈善事业。但是我们对于实行减租一层，预备五年的训练之后实行，目前不能做到。

光阴很快的，旧历十二年的元旦来了，各乡的狮子曲班都来庆祝，农会就发起一海丰全县农民新年同乐会，在旧历正月十六日开会，是日各乡的旗帜鼓乐很多，狮子曲班等都有，会场在桥东林祖祠门口的草埔，到会者会员六千余人，非会员来参加者三千余人。开会次序：（一）奏乐，（二）主席宣布开会理由，（三）演说，（四）歌曲，（五）舞狮子，（六）高呼农民万岁，（七）燃炮。当时演说者：彭湃，黄凤麟，杨其珊等，谓无产的民众们未得到革命以前，无年可乐，因为过年的时日，就是剥削者迫债的时日，我们有苦可联，而无欢可联，不过我们借这个机会来表示我们的群众有几多给敌人看看，并唤起我们革命的精神，准备杀敌，所以各人的感情非常沉痛，又非常快乐。计是日加入农会已发会证者二千余人，收会金四百余元，极一时之盛。自后入会者亦日以百计，农会接治新会友者有应接不暇之势，每日农友到来农会问事坐谈入会者约三百余人，会务实在多忙极了。

可是此时惹起了地主的注意，他们对人说："我（地主自称）以为他们是弄不成功的，是车大炮的，不料现在竟有其事！"有一地主兼大绅士者陈月波，即谋扑灭农会，谓农会为实行共妻共产，时适钟景棠不知在何处打败战，带着百余个残兵回海丰，陈月波即以解散农会为请。钟答："我虽有兵，我的兵'引火不足他吃烟'，不理了。"陈遂无法。

陈月波者，即前广东教育厅长陈伯华公路局长陈达生之兄也，此人在海丰的势力可说陈炯明以外，就是他了。可是他是最迷信鬼神的，天天都是求神拜佛祈祷农会消灭，过了不久，即旧历正月尾二月初的时候，于是地主和农民第一次开始冲突。

第七节　粮业维持会之压迫农民

海丰县城内有朱墨者，是一个恶地主，平素交官接府，颇有势力，他因要把公平区黄坭塘乡余坤等六个佃户来加租。余坤等以所耕之地系"粪质田"（即其先祖向田主批耕时先有银给地主为质，如没有欠租，地主不能收回耕地，也不能加租，此项田租比较便宜，故佃户甚好，耕此田历数百年者有之），地主故意加租，太无道理，置之不理。朱墨大怒，嗾使奴役闹余坤等家。余坤即报告海丰总农会，谓该地主平素暴虐异常，不堪其扰，彼既欲加租，不如辞还。农会准其所请。但是朱墨早知道农会会员的田如辞退，附近无论任何农民不敢耕。朱墨益怒，即叫余坤等六人所耕之田三石余种悉数交出，余坤等乃如数交出。

地主朱墨到了次日，即向法庭起诉，指余坤等六人"佃灭主业"，即谓余坤等交出之耕地，不足丘额，被其所偷。该分庭推事张泽浦即派法警三名，携票传余坤等质讯，法警到黄坭塘时，乡民妇女小孩畏官兵如虎，即闭门逃散一空。法警见乡民惊，益狐假虎威，将余坤等捉住，勒索脚皮钱六元，宿费二元（县城距该乡不过四十里何用宿费），另票费一两即大洋四元（欺农民不晓大洋价格）。余坤等无法照付，即饱以老拳，拿之至公平墟，余坤以所穿衣质之公平当店，得银六毫，交与法警饮茶，余款请出某商店担保，明日送县交还，始将余坤释回。次日余坤携银到农会报告经过情形，农会告以两种办法：（一）除票费一两交还外，余如法警要钱，你可谓钱交在农会，请来取；（二）你在堂讯时，可对张泽浦说，以后传讯可到农会，即传即到，不须至吾乡；并告以口供。余坤等赴讯，张泽浦骂朱墨说：你告余坤等灭你的地，毫无证据，既无证据，便是诬告。朱墨语塞，继乃谓我有证据，候下次携来。遂宣告退堂。余坤等谓以后如传我，可请到农会便妥，张推事许可，遂散。

朱墨以第一堂讯失败，乃奔告各地主，谓："地主自来与农民打官司未有失败的，这次我竟失败，一定农会作怪，我们如不乘机早日扑灭农会，实为将来之一大危机！"并谓张泽浦受农会运动。城厢各地主为其所动，最先响应者为陈月波，遂发起请酒于城内朱祖祠，到会地主绅士如保卫团局长土豪等共五百余人。将军府最大势力，陈炯明六叔父陈开庭也出席。到会的人都是长衫马褂，金丝眼镜，金镖金链，面团团肚胀胀的。主席陈月波，宣布农会罪状；实行共产公妻，并运动法官，欺负地主；吾辈以钱买地，向政府纳粮，业从主管，天经地义。何物县蠹彭湃者，煽惑无知农民，希图不轨，若不早为对待，吾业主之损失，抑政府之危险有二，小则粮不能完，国库恐慌，大则他们随便可以作反。……众皆拍掌赞成，地主兼劣绅王作新提议：农民既有农会，吾辈业主亦须联合一会，以抵抗之。朱墨起来赞成，组织一田主会。陈月波则谓田主会的名牵连不到政府，应用"粮业维持会"，众皆一致赞成。推出陈月波为正会长，王作新为副会长，陈开庭为财政，章程由会长起草。陈月波又提出会费问题，谓吾辈此后定与农会作对，如无多大进款，万难制胜，以我（陈月波）意见，全县田租就附城方面有十万余租，如每担租纳一元，则共数亦有十余万元，我们实可以用银片去埋葬了他。此时大地主则赞成，小地主不置可否，不敢十分反对，卒为通过。陈开庭提出法官张泽浦受农会运动，不顾业主血本，殊深可恶，以我（陈自称）意见，须全体向他质问，如他不把农民锁起来，我们就予以相当对付，众鼓掌赞成。即列队前赴海丰分庭，见张推事，张闻讯，吓得手忙脚乱，陈六太爷（开庭）大骂一场之后，叫他马上把农民拿禁，张唯纳之，惟必须双方再讯一场。朱墨提出须派人来旁听，张亦唯之。粮业维持会这班东西始各回去了。张泽浦第三日即来农会传余坤等堂讯，因事起仓卒，农会开会，本想派一部分会员前往旁听，因时间迫促，未能派到。一方面以为此案仍属民事诉讼，根据法律在未判决以前断不能把余坤收押的道理，不妨由余坤等与之对讯，农会职员尽量前往旁听，决议通过。我们正在预备前往旁听中，忽有人来报告，谓："粮业维持会暗伏烂仔百余人在东北两城门，专来候你们，如你们进去，一定受伤。"本会再派侦探往查，其报告与前同，我们只由余坤等六人先去，余人在农会候消息。余坤等六人到分庭，法官即上堂讯，地主方面来旁听者七八十人，皆大粒之绅士。张泽浦于是被其所威吓，故对于余坤等六人，并无如何讯问，只叫法警把余坤等六人收监，并加以镣铐，地主大欢而去。农会闻讯，以该分庭法官，胆敢玩视法律，擅自押人，违法已极，以执法者而违法，民众当不认其为执法之官，非诉以武力不可。乃召集附近各会临时会议，表决："明日向分庭请愿，"即夜下动员令，派出四十个农友，分担东西南北四路，通知各乡农友于明日上午十时集会于龙舌埔。次日上午十时，到会农友六千余人，皆手携小旗，先由彭湃宣布理由，略谓："农友无罪，被分庭枉押，法官违法，我们应认定此事不是余坤个人的事，须认为我们农民一阶级的事。余坤如失败，十余万农友皆失败，余坤如胜利，就是十余万农友胜利。生死关头，愿各奋勇前往请愿，湃生死与俱。"黄凤麟演说，谓："现在地主已联合起来，谓彼附城各田主共有十万余租，每担租银一元，有十余万元专来与我们农会打官司，众农友不要为其所怕，不说他们有十万租，即万万租也是不怕的。因为租者谷也，谷是放在我们农民的家里，不是放在他们的家里，若地主与我们认真的干起来，我们就一致不还租，所以十万租是在我们农民手上，不是在地主手上，我们把五万租来作食料，五万租与地主对抗是有余的，那时地主那里有租呢！众农友不要怕！（众大鼓掌。）现在地主粮业维持会（农民叫做斗盖会）异常蠢动，地主与农民的战争有一触即发之势，希望各弟兄不要为人所恐吓，小弟极好的方法就是：如果地主要与我们宣战时，我们即宣布拆去田基，将田的四围各小塍掘去，混成一大块田地，使地主认不出了自己的田在那里。我相信用不着我们去打地主，地主与地主间都要打起来了。"众皆欢呼。主席并宣布："我们农会筹备六千余人的午粥。"

大家食了粥，即向分庭进发，当出发时，天下大雨，农民以久旱逢此大雨，喜气扬扬，此时分庭已派代表来磋商，我们不理，只有请愿。

我们正到分庭的门口，就有县公署好多游击队武装把守门口，阻止我们进去，我们不管他三七二十一，就冲进去了。游击队不敢开枪，我们进到衙门，迫近法庭会客厅，我们就选二十个农民做代表，分庭推事张泽浦把他的房子锁了，法警武装的跟着他迎代表进去，张招待茶烟甚殷勤。张问我们来做甚么，我们提出几条件如下：（一）即将枉押农民放出；（二）燃炮鼓乐送被枉押的农民出去；（三）推事应向农民道歉。张答："押农友是六太爷硬要的，我是不得已的。湃哥，你是和我很相好的朋友，请你先退去请愿的农民，明日便放他出去。"彭湃答他："今日不能论好朋友，因我是代表农民来说话。"此时农友们异常愤激，有几个在外头大声叫道："放不放赶快答复！"张又说："你们来得这样多人，恐怕你们劫监狱。"我们说："代表等可以保障无此举，不然，代表等可令群众离开监狱门口十步。"张不得已，乃即放人。此时六千余农民，高叫农民万岁及打倒地主之声，震动全城。等余坤出狱时，群众把他拥着，狂呼狂跳，连衙门的栏杆及吊灯等都被毁烂了，及行至大街，雨更淋漓，农民更加欢呼，游行各街时，有学生在街头大呼：农民万岁！并用红布写着欢迎出狱农友，燃炮抛与群众。此时农友们，更加欢热。及群众回到总农会时，雨已晴，乃开大演说会，由彭湃演说，大意谓："农民千百年来都受地主绅士官厅的冤枉和压迫，总不敢出声，今天能够把六个被押的农友放出来，这是谁的力量呢？请你们解答。"此时有的说是彭湃，有的说是农会，有的说是耕田同志。我乃再说："说是农会及耕田同志的力量是不十分对的，还不至大错；说是彭湃个人的力量乃是大错特错的；彭湃如果有力量，还要你们六七千人去作甚么？我相信一个彭湃，任你有天大本事是放不出农友来的，但是农会不过是一个农民集合的机关，官僚是不怕的，耕田佬更不必说了。今天得到胜利的力量，是农会能指导六七千人的耕田佬团结在一块地方，有一致的行动。集中六七千人的力量，为一个大力量，使官僚不得不怕，不得不放出农友来！我们在今日得到这个经验，大家应该自今日起，更加团结，加紧扩大我们的势力，否则今日的大胜利，会变成将来的大失败！"最后乃三呼万岁散会。

海丰总农会经过这次的请愿及示威，农民已认清农会是代表农民本身利益奋斗的机关。同时，农民对于地主阶级的仇视，也非常厉害；农会的声势，也播扬到附近各县。由是要求入会者纷至沓来，实有应接不暇之势。紫金五华惠阳陆丰诸县农民加入者逐日加多，乃由海丰总农会改组为惠州农民联合会，各县分设县联合会。不两月，又发展到潮州普宁惠来方面去，又改组为广东省农会，各县惟设县农会。此时会务异常复杂，每日农民到来农会接者不下三四百人，幸此时做工的同志（农民运动的）也增加了，如李劳工同志即其一也。李同志捷胜之第六区人，在蚕桑学校读书，一向与彭湃不相识，甚表同情于海丰的农会，有一天他即宣告退学，写了一封长信给彭湃，这封长信现在不知下落，其内容之主要点是说他对于农民运动的同情，要来和我见面，我即草一函请其来谈，当时李劳工同志和林务农同志等同来，劳工同志等对于农民运动的计划贡献得很多，从此劳工同志成了农民运动的很负责任者。

在客观方面，海丰的绅士地主贵族所结合的粮业维持会，受了未曾听过未曾看过的六七千农民群众放人及示威运动吓缩了；同时，我们并请农民宣传地主无租，租在我们，地主如敢作怪，则铲去田基（即田的界限）等口号，更使粮业维持会毫不敢动。这时候，该会会长陈月波及一般迷信神权的绅士等，请求菩萨赐回良方妙策，来对抗农会，乃在城隍老爷的庙中扶乩，当时来就乩者说是元天上帝，他一下乩便写"农会必定胜利"，一般迷信的地主绅士等，垂头丧气。次日，陈月波乃召集粮业维持会大会，到会者百余人，陈月波劈头一语就是：提出辞职。他辞职的原因，说"昨日扶乩，元天上帝乩文说'农会必定胜利'，并有一首诗（前三句忘记），后一句说，'任凭汉育去生机'，原来汉育是彭湃的旧名，由元天上帝的主张是万不可去反对他了。我（陈自称）当时又问元天上帝怎么办，元天上帝叫我去香港罢，所以我多两三天定要到香港去，故特提出辞职。"众皆不自在的哑口无言，旋由地主的走狗陈小伦提出，我们可以找出几个代表到农会去问他们是不是专要对待地主，众说好，乃举陈小伦一人为代表，遂无结果而散会。隔了两天，陈月波果然去了香港，这就是陈月波怕惧农会势力，想出元天上帝的乩文来做脱身之计，从此粮业维持会无形解散了。

陈小伦到农会来问农会将来是不是要共产呢？我们答："现在是为农民谋利益，实在还是为地主的荷包计算。何以呢？第一，倘农民饿死了，被地主绅士官厅压迫死了，地主收租不但发生很困难，而且无租可收，同时影响到社会的饥荒，地主也自然饿死；第二，农民得到生活好，便不去做贼，地主安心睡觉，社会也安宁；第三，农民得到生活的好处，便自然有钱去改良耕地，增加肥料，地主的田好起来，收租也容易；第四，农民得到生活的好处，便安安乐乐替地主做工，就不去反对地主了；农会对地主有这么多利益都不知道，天天来反对农会，这班人真是可怜可恨！"陈小伦说："我没有听过你的话，我也是反对你的，现在我明白了，我当对他们解释。"

自此之后反对农会的只有陈秋霖陈伯华等所办的《陆安日刊》，天天造谣破坏农会，及地主兼劣绅王作新及劣绅丘景云（丘是陈炯明的老师，甚有势力者）暗中打电陈炯明及广东审判厅，说农会造反，擅拥衙门，强劫人犯，等等不关重要的事。农会在此，可说是一个风静浪平的时期，所以得以从容的做宣传及训练农民的工作，并发展农会的组织。

惠阳，紫金，五华一带之土匪，一闻农会是专救贫民的，也有相当的觉醒，甚表同情于农会。彼等对于农会的乡村，牛只皆不敢劫，如有劫者农会叫其放还即放还，土匪的所在地无人敢经过，农会的人即可随便出入，故反动派又以农会勾结土匪电陈炯明。

此时（三四月间）县长是吕铁槎，他是老劣绅，心里反对农会，不过为维持县长的椅子，在表面上不敢谈及反对农会。因此，农会亦得以相当的监督他的行动。及吕铁槎辞职，丘景云上台，海丰学界反对甚为激烈。农会以丘之上台有不利于农会，与学界联合反对之，乃召集公民大会，可是我们倒丘觉着不难，但是倒了丘之后找不出相当的人物可为县长。农会方面，对于县长之人选毫无把握，因能稍顾及农会的利益而可以做县长的无其人，在绅士方面则通通是敌人，故此时只有绅士和农民两大营垒的竞争，农会既找不出相当的人，当然是让绅士去做，那会变成以暴易暴了。此时《陆安日刊》又造谣说彭湃有做县长之空气，我们为急于解决县长问题，乃提出马焕新。马是一个青年，在农会任教育部主任，在学界方面可以过得去，在绅士方面则马是马育航的亲人，有点政治势力的关系，赶紧提出以破《陆安日刊》之谣。及我们的公民大会将开会的时候，陈炯明已委任了王作新为县长。学生方面以陈炯明既委任了王作新，也知道王作新是坏人，但怕陈炯明命令，乃各自埋头去读书了。惟农会方面，对于公民大会是一定要开的，当时到会的人六七百人，除少数学生商人工人之外，大多数是农民的代表。我们只有利用这大会作宣传，我们的口号，老丘的下台完全是民众的力量所推倒。学生及其他各界不肯奋斗到底，故由公民大会选出县长的计划不能实行。

王作新上台，对于农会无何等表示，惟暗中恨死了农会，此时农会也没有去理他，只注重内部的工作。

海丰总农会既发展而改组惠州农民联合会，复不久而改为广东省农会，招牌虽是很堂皇，但是各县组织除了海丰陆丰之外是异常散漫的。

省会的执行委员，共十三人：

执行委员长——彭湃（知识界）

执行委员——杨其珊（农民），马焕新（知识界），林甦（知识界），余创之（知识界），蓝镜清（农民），黄正当（农民），李劳工（知识界），张妈安（农民），彭汉垣（知识界），万维新（农民），万清眜（农民）。

广东省农会设在海丰，同时兼摄海丰县农会职权。

省农会之组织系统图表如下：

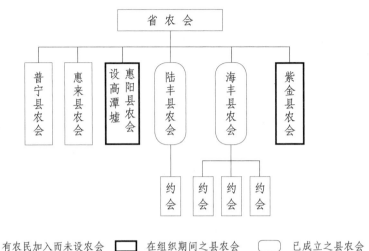

省农会

普宁县农会　惠来县农会　惠阳县农会设高潭墟　陆丰县农会　海丰县农会　紫金县农会

约会　约会　约会　约会

□ 有农民加入而未设农会　■ 在组织期间之县农会　◯ 已成立之县农会

省农会执行委员会组织图表及担任者姓名
省执行委员会

庶务部—部长林朝宗　张妈安

卫生部—部长吕楚雄　部员刘恩泉（女子）

财政部—部长杨其珊　部员蓝镜清

仲裁部—部长余创之　部员彭湃

宣传部—部长林甦　部员彭湃　李劳工　林务农　黄正当共三十余人

教育部—部长马焕新　彭湃

文牍部—部长余创之

调查部—部长万维新　万清睐　胡汉南

农业部—李劳工

交际部—胡汉垣　彭湃　林甦　杨其珊

各县会员人数一览表（大概数目）

县　　名	户口数	人数 （以为单位每户约5人户数）
海丰县	一二〇〇〇	六〇〇〇〇
陆丰县	七〇〇〇	三五〇〇〇
惠阳县	四〇〇〇	二〇〇〇〇
紫金县	三〇〇〇	一五〇〇〇
惠来县	三〇〇	一五〇〇
普宁县	五〇〇	二五〇〇
合　　共	二六八〇〇	共人口十三万四千人

海丰县农会调查（民国十二年）

会员成分表	凡农民如自耕农佃农……等以户为单位加入农会，学生教员工人小商人及其他以个人为单位，地主绅士不得加入
自耕农	百分之二十
半自耕农	百分之三十
佃农	百分之四十
雇农	百分之十
学生	三十余人
小学教员	十余人
工人　半农工　小工业	五百余人　盐町工人理发工人染布工人
小商人	三十人
失业者	三百余人
自耕农并小地主	十人
乡绅半教员	十余人
陈炯明护弁	三人
巫者	一人
船夫	四百余人
基督教（农民）	五十人　自入会后叛教者甚多，如万清睐者系一长老会之长老，自入会后已反教了

海丰农民失业离去乡村所到区域及其职业

地　名	人　数	职　业	备　考
南洋群岛	约十余万	种芭、车夫、小商人	到南洋者，系因生活所压去做猪仔，小部分与商业有关系而去者原因皆受失业荒灾之故。因香港不能容生，而移入宝安县者。
香港	约五千人	车夫、泥工、小买卖、巡捕	
广州	五千余人	车夫及其他小工	
澳门	二千余人	车夫、店工	
汕头	五百余人	车夫及其他手工人	
宝安	五百余人	渔业	

海丰农民加入农会各时期之不同及其原因一览表

（自 11 年 6 月起至 13 年止）

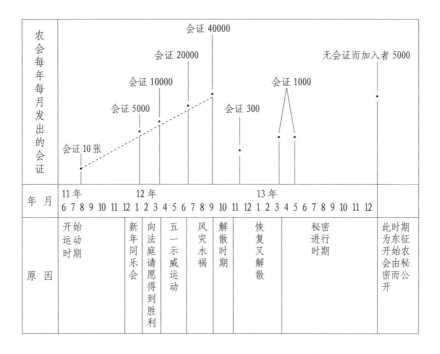

第八节 "七五"农潮始末

民国十二年上半年，农民运动很平稳的发展。旧历六月某日半夜狂风大雨骤作，少顷，风势来得更加凶猛，房屋倒塌的声不绝，从窗外望出去，很大的树枝都被风拔起来了，天将明，洪水也涨起来了，外边男女叫救的声也不绝，风虽止雨水两日仍未退。我们此时对于农民，当此将近收获的时期而遭这种奇灾大祸，觉着很可悲伤。

农会当此之时，也大活动起来了：即时组织救灾队，或分乘小舟赴各灾区援救农民，或去慰问和调查，或去引导水出去，或修筑起堤塍……等等。各区农民以农会如此努力，益密切而引起莫大的同情，农民们有所谓"我们生当为农会人，死当为农会鬼"之慨。及水稍退，各乡区农民纷纷来农会报告受灾情形，或请问对于纳租办法，每日约达五六百人，农会为之应接不暇。

农会召集执行委员会议，磋商应付此问题，当时执行委员有一部份在陆丰县工作，一面促其回来，一面开非正式的会议（谈话会）。

各执行委员的意见很分歧：第一派的意见以为本年的计划，海丰农民运动减租实行问题，依照农民团体之力量及环境是在三年之后方可，但是现在环境变迁，农会组织仍未得十分巩固，不便实行减租，只可以用自由减租之方法，农会可做农民的后盾，地主当不能压迫农民过甚。

第二派的意见，以为农民减租问题，虽然依本来计划要在三年之后，但现在环境既已变迁，在此变迁之中，地主如以凶年来压迫农民，其理屈。至农民方面，受此次的打击必是死力与地主抗争，对于农民增加不少的力量，以增加了力量的农民而与理屈的地主对抗，其必胜一也；次则地主没有武装，不可以直接妨害农民之减租运动，同时亦没有驻防军为地主所利用，不过各区有少数警察而已，此种警

99

察在平日已是怕农会势力如鼠之怕猫，县长王作新虽然地主派的人，但其统率下的游击队不过三四十人耳，亦不怕他；且王作新为维持其地位起见，亦未必在此凶年而去压迫农民，冒不美之名。极其量结局农会与地主不过在分庭打一场官司耳，而法庭方面，不过八名法警，从前受我们六千余人请愿的教训以来，亦毫不敢作怪，故减租殊无问题。况且自由减租之方法不能提起农民阶级争斗的怒潮，而失了阶级意义的训练；同时将减租运动这种空气传布东江各县，殊为宣传极好之工具。

第一派复再发表其意见，以为第二派的理论固然不错，我们并不否认；但是依我们（第一派）的计划，农会无论如何是处于不败的地位，不过所得的利益较少，若依照（第二派）你们的主张好固然是好，但太陷于"危险性"。遂决定一面俟执行委员到齐后提出再议，一方召集各约代表大会征求意见。在这执行委员未回来，各约代表大会未开以前，数日中的现象：

（一）农民加入会者如风起云涌，日以数百计。中有三数乡系与陈炯明有亲族之关系者，素以依借陈势而自高自大的乡村，平素甚看不起农会，故不加入农会。但是到了这个利害冲突生死关头的时候，陈炯明不但靠不住了，而且反加以势力的压迫——陈姓的地主们因利害关头已把亲族置之不闻不问，而以迫租为急务了。所以这三数个乡村平日依借陈势的农民，乃大恍然，相率到来农会负荆请罪，请任由农会处罚，惟要求准其加入。农会当时，乃派人对其演说，准其加入，但在纪律上不能不施以薄惩，我们初试以"每人入会非罚金五元不可"，他们也欢然答应。我们乃实以告之，"每人罚银二毫罢了"。于此，可见这个时候农村中只有两条战线，一是地主的，一是农民的。

（二）海丰素来习惯，每遇凶年农民便去请求地主看田中的稻，田主愿减则减，不愿减则对分之。所以此时农会尚未决定何种办法，农民仍是依旧法去请地主到田里看稻，或减或分，后来才打算农会也认为可行。为甚么呢？从来习惯，如地主未去看田，农民擅自把稻割起，则地主便说："如收获不丰，你一定不去割的，一定和我分的，今既割起了则照额还租，一粒不减。"农民甚怕地主这几句话，并且地主如到田中去看了稻之后，可以使其明白失收的惨况。可是，各处的农民来报告谓："我们一早就去到田主的家里请他看田，等候了半天才开门，开了门又伺候了半天，少爷才在床上翻翻身，到等他起来刷刷牙，洗洗面，穿穿衣，食了一餐饭，喝了几口水，吸了几口烟，和他的老婆爱妾讲几句笑话，才出来见我，（农民自称以下照称）已经差不多日下西山，少爷见我便说：'你来做甚么？'我答：'今年田稻遇风灾……'这句话尚未说完，他叱道：'不要多说了，回去罢，年丰好收获为什么不来报告？年凶你就来！'我那时只得再求道：'你可去看罢，可惜还租不起。''好了快回去，明日派人去看。'可是到了一日两日三日数日都不见有人去看，你再去催他也是这样的答复，总不派工来睇田中的稻有多少可收成的也出了芽，怎样好办。"

同样的事情，一日都有数件，农会只有指示他们马上割起来再设办法对付。所以无数农民对于地主异常愤激，或主暗杀、或主暴动等，非与地主决一死战不可！

（三）地主方面，知农民此回一定不如昔年一样驯服，可以任意压迫，不敢去乡间收租，也不敢少有何等表示，亦没有那个敢先来顶农会的头炮，多皆静观待变。官厅绅士商人学生也议论纷纷，没有正确的主张。

（四）调查部的报告，各灾区损失最大者为各种农产品，损失约百之九十，牛猪等家畜损失百分之四十有奇，房屋之倒塌者约百分之四十，毁烂者百分之二十，人命之损失者未有确实调查，总有五百人以至千人之数，实为海丰有史以来未曾有之大损失。

这四种现象呈出之后，而陆丰县及其他各地工作之执行委员已到齐了，我们已召集正式开会，并异常秘密。此时我们将前次谈话会所论战的结果报告后，一般从陆丰县工作回来的执行委员，异常严重的驳斥第一派之懦弱的主张，而形成了第三派。

这第三派，说第一派之主张不啻与地主妥协，全然不顾及目前之事实。盖这次实是海丰空前的大灾，从陆丰一带而经过海丰所有禾稻被风打水浸，损失约百分之九十以上，其他损失根据调查结果农民已达于惨痛之极。说自由还租完全是欺骗农人的好话，不啻猪仔向老虎求情，让农民在惨痛之下，任地主的压迫，使一般农民对于本会之指导者加以怀疑。因为我们向来的口号，也是主张凶年减租，不是主张常年减租，这种口号算是农民最低限度要求，在这最低限度的要求而不能指挥农民去奋斗，去给他们一个斗争之训练，是错误之又错误。在我们的意见全部免租。我们（第三派自称）对于第二派的理论及事实，认为确有道理，其中所包含的危险性并不是危险性，乃是一般的革命性。若要免除此性，只有不主张阶级争斗，不去求革命。进一步说，即使这次免租运动而至于失败，也不要紧，因为失败之后，农民对于农会的观念确定了："农会是农民利益惟一奋斗的机关。"况且现在农民有了农会之后，异常满意，而且自高自大，此次的免租运动之斗争果使其失败，而将来再张旗鼓，必得更加长足的进步，而农民亦可得到一个很大的教训。故失败不是失败，而是促进成功一个顿挫之方法，只看我们在失败之后做不做耳。简言之，用自由减租的口号去欺骗农民，而农会虽得存在也无用。倒不如与敌人奋斗，仍可保存农会之价值，在这个减租与不减租，都是农民在实际上得不到利益的两路皆难的时机，我们只有一致提出免租的口号，明知免租做不到也好。

这第三派的主张是很激烈的,在第一派听了这些理论之后已无再有意见发表了。惟第二派再有争论之点,这一点一个是"减租运动",一个是"免租运动",但是问题已经较易解决,不过是程度之差,及方法之善不善耳。其不同之意见如下:

第二派意见:免租运动在此时的环境未免趋于过激,在自由减租更不成理论,现在只在定出减租的程度——最低限度——减租七成——三成缴纳。口号不至于过激,而不致农民视为妄想,故以三成缴纳。

第三派的意见,以为这种办法亦不妥当,现在罹灾是极普通的事实,三成可以缴纳者是极少,农民自此次损失之后,下半年的口粮已是无着,危险已摆在面前,同时为修葺屋宇补买耕牛及农具,修理田园者将何所出,如果田主以三成照收,我相信其死一也。

议决以减租七成,为最高限度。收获不及三成者照数减之,如全无收获者则免交,多数通过。再提出代表大会表决。

七月二十日,开全县各约代表大会,到会者百余人,旁听者千余人,室为之满。

主席彭湃。先由主席报告灾后各区灾况,及农会救灾工作执行委员会对于减租问题之讨论经过,报告完后,此时旁听者咆哮起来,磨拳擦掌,拥护第三派之免租运动。主席制止。在代表大会方面,主张"免租"者不能过半数,主张"至多三成"交纳者率以过半数表决通过之。

其余对于减租应付方法,悉由执行委员之指挥,乃散会。

"至多三成交纳"这个口号已普通了,全县小孩子都会叫这口号了,执行委员会工作异常紧张。

(一)派大批宣传员到各乡开会宣传,并兼纠察之任务。当时有篇《为减租而告农民》的书,其大意如下:

农民们呵！地主的田地本不是钱买来的，是他们的祖先占夺我们的。姑认为是用钱买的，但是他买田的钱一次过投下去，便千千万万年有租可收，有利可获了。农民耕田年年是要下本的，如种子肥料牛租农具工食是要很大的血本，才有谷粒生出来。地主不动一脚一手便得取去一大半，我们农民亏去血本不知几多大了，也不知几世了！今年不幸，遇着风灾水祸，农产品完全失收，地主的田地毫无损伤，我们所下的血本被大风吹了，被大水洗了，我们的血本已无存，地主那里有利租可收！我们须与残暴无良的地主一抗，主张至多三成交纳，如无租可还者只可免交！兹并以地主掠夺农民血本图示如下：

在平常年农民被地主所掠夺（如下图）：

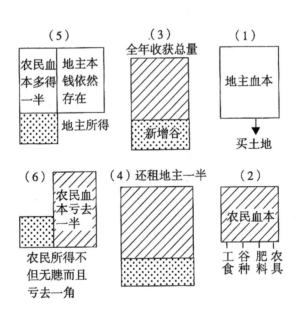

（二）通函各区警察，谓农民与地主如发生减租纠葛，统属民事，在警察权限只可劝止，不得滥加判决及逮捕农民。

在今年凶岁主张"至多三成交纳"农民之亏损：

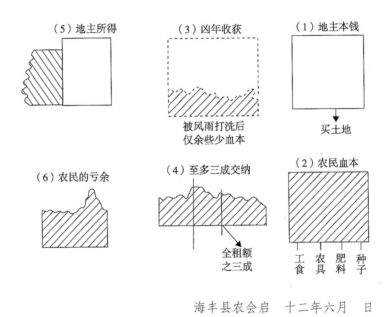

（5）地主所得　　　　（3）凶年收获　　　　（1）地主本钱

被风雨打洗后
仅余些少血本

买土地

（6）农民的亏余　　　（4）至多三成交纳　　　（2）农民血本

全租额
之三成

工　农　肥　种
　　　　　子
食　具　料

海丰县农会启　十二年六月　日

（三）通电全国各团体声请援助。

（四）将农民受灾苦况，函老隆陈炯明，使其勿轻信谣言而立于反动地位。

（五）准备召集全县大会。

这时，海丰全县分出极明显的两个阶级的营垒：一为地主阶级，一为农民阶级。在工人方面是甚与农民表同情，商人是守中立，不过恐怕惹起地方扰乱，以为农会好事，一部分并有土地的商人则与地主合作。土豪，烂蕙，绅士，警察，法庭，行政衙门之官吏皆立在地主的方面。学生——智识分子多出于大地主小地主土豪、绅士或地主之戚族的家庭，因减租直接影响其家庭之经济，地主乃利用此点以打动学生，使学生反对农会，即以农民减租学费难筹迫其子弟退学；这些学生，从前说到农会何等好，可是到了此日不但变了前日的口气，而不满于农会，甚者竟到农会为地主作侦探。

在农会方面如马焕新者，本一极肯努力的青年，身任农会的执行委员兼教育部主任，乃因减租之故对于本身利害冲突（马族多地主，其本人亦一小地主），乃数日不到农会办事，质问之始来请假多日，又再质问之，竟公然否认农会议决案"至多三成交纳"（马初为主张自由减租之一派，后又赞成免租运动之一派，其狡已值得我们注意），不数日即服从其家族之命令，具呈至县公署（县长王作新）否认主张"至多三成交纳"之减租议决，并非难农会的种种过激不对，农会即时将其开除会籍，并宣布其罪状于农民群众。

这时地主阶级之小地主怕事而急于粮食的，则老早遵照农会"至多缴纳三成"之议决而收租，其余的大地主渐渐的反动起来了。此反动地主的反动人物为县长王作新（即粮业维持会之副会长），保卫团局长林斗文，劣绅丘景云，这三个东西暗中联络各地主，恢复粮业维持会之组织，开会于县署，计划非常秘密，莫得其内容。但是反动地主破坏农会口号：（1）农会减租对于锅头户太不良心（注：锅头是指一般不去谋事而在家中坐食的男女，或地主之后裔，只会穿长衣保全门面专靠收租来养活的），（2）实行共产，（3）农会勾结土匪。

在这三个口号之中，第（1）农会则反驳他，谓"饿死几个锅头户有良心呢？饿死数十万锅头佃有良心呢？难道锅头户怕饿死，锅头佃不怕饿死吗？"第（2）农会置之不答，也不必答；（3）也置之不答，因这口号出来，好多怕土匪怕死的地主，更引起一种惊怕农会之心。

某一日马育航之侄马斗辉者，一个小学校教员，平素甚与农会表同情，乃往五狮墟乡收租，竟要求十足。农民说："至多三成交纳。"马不服，乃多方为难，威吓农民。农会闻知消息，乃派纠察队数人前往援助，适马已回家，农会乃警告他，他惊怕起来，到农会道歉，仍依照三成收租了事。

又公平有一个自耕农，因还租五成为纠察队所知，扭解农会受纪律之处分。

六月二十七日，县城保卫团局长林斗文之侄林某，为承批教育局租之承商，租约百余担，林乃谓"学租是官租，官租是无减的。"初向城西二十余里某乡村收租，为农民所驱逐，乃向一个叫做北笏仔乡的去收租，此乡约三十余户之小村，林乃虚张声势，谓官租无减以吓乡民，不料该乡人虽少而胆不小，乃将林围打伤数处。林不依法抬验于分庭，而抬验于县长，县长亦不拒绝而受理，已可注意。林某入衙署抬验后，王作新乃借题发挥，即派武装游击队二十余到北笏仔乡围捕，甫入乡即放枪示威，乡人扶老携幼而逃。此时潦水仍未退尽，妇女小孩多跌水中叫救，状极可怜，游击队拘父老要勒脚皮银四五十元，农民不能给他，乃绑缚父老三人到县。县长不加审问，令镣锁投于狱。农会闻报，即派代表与王作新交涉，我们说："事属民案，何关县长？"王作新说："租是官租何不可理？"我们驳说："他不是衙署官吏，而是一批商，既属于商，凶年那免损失，何得要求十足照收？"王作新不理。我们就召集执行委员会讨论这问题，当时议决之意如下："减租一定是发生纠葛，不是我们打他，便是他们打我，该乡父老三人被捕入狱乃意中事，且继续必有如是之事体发生，农会应置之，不甚重要，只是一面由农会筹款安慰其家属，并供给狱内之伙食费用，向全县农民大会中（定七月四日）详细报告，使各会员了解，并先以十数元先慰被押者之家属，并打理狱内事务。"

七月四日到了。

县长王作新贴出布告，谓：是日是匪首彭湃希图造反，四乡人民勿为所愚而自招重祸。又派警察到大路口把守，不准农民来县参加大会。警察被农民驱逐，所贴布告也被农民扯了。王作新大惊，乃集中警察三十余名，游击三十余人于县署，分守四个城门，并于县署门首筑战濠，准备作战。到了十点钟时，农民到会者已达四五千人，地主绅士都惊避，街巷的店户也关了，王作新惊恐无措，一面电告汕尾钟景棠派兵来县镇压土匪。钟初以兵少不敢答应，后王作新力求之，并谓天下大事是我，事不关你，总是要派队来。王又使用全县绅士名，飞呈汕尾钟景棠报告"海丰发生土匪"，钟乃尽其所有的兵百余人派来县城。此时侦探已来报告，我们以为不去请愿，又不要求他放人，这不过彼之大惊小怪，他们见我们开大会不去请愿，当不敢与我们为敌。到了十二时，宣布开会，到会者二万余人，首由彭湃报告后，再由劳工林甦两同志及黄正当杨其珊彭汉垣相继演说，皆痛快淋漓，及说至农民痛苦，演说者与听众皆相感泣，最后三呼农民万岁，声如雷震，乃宣告散会。这个时候，县署以为农民来了，游击队警察乃相继逃跑一空，继而见无其事，乃再集合。王作新这时也逃走了，地主也吃一大惊，市场也着惊。

晚间有人报告：汕尾派来之兵行至中途，因忽闻报农民攻入县城，该军队乃不敢前进，后闻无其事乃到县城。

我们相信既无请愿与他为难，彼不敢来惹祸的。是晚有黄琴轩者，县议会之正议长，来找彭汉垣，实则来侦探农会有多少人，及有无准备。黄见农会开会后人已散了，回报王作新等，王乃即夜召集绅士会议，应如何对付农会。绅士到会者四五十人，有一个叫做陈清照，这个地主兼劣绅，主张最为激烈，欲乘虚攻我们，作一劳永逸之举，根本扑灭农会，以免将来更加滋蔓难图，乃决定了极密秘的计划。

我们实在是没有准备作战，也料不到有如何危险，不过我们早把重要文件移开了。七月五日拂晓，王作新之弟王益三为县署游击队长，率领游击队并钟景棠部，及警察保卫团勇三百余人，由城内出东门，经龙津桥，距桥东埔农会所在地不过三百米突左右，乃分两路，一包农会之后方，一包农会之前门，枪声甚密，子弹已由前门飞入办公厅。此时农会内已知敌人进击，不能抵御，纷纷从瓦面逃走。有陈梦同志，打开大门用尖串向进入之敌兵一击，正中其身；敌由大门冲入，未及逃脱之职员及会员杨其珊洪廷惠黄凤麟郑渭净陈梦等共二十五人皆被捕，敌兵用枪头将职员乱打一场，惟有杨其珊同志素长拳术，人人都晓，敌兵打了七拳踢了八脚，都不到身，故不敢摩他一下，一切器物，抢掠一空，并复将会所封闭。当农会同志二十五人被捕过街巷时，地主劣绅及其走狗打掌称贺。押至衙署时，王作新坐堂审讯。王作新问杨其珊道："你是不是农会的会长？"

杨答："是！"

王问："彭湃利用你们去造反，经我三令五申，你们还敢作怪，你知罪吗？"

杨答："彭湃不是利用我们，是我们农民去利用彭湃，因为彭湃所做的事，不是为他自己的利益，他是牺牲自己利益为农民谋幸福的。至说彭湃造反，我也承认，但是王县长的造反，要比彭湃更加厉害！彭湃帮助穷人救穷人，果是造反，那末你帮大地主资本家在这凶年来压制穷人，岂不是大造其反吗！

王大拍案道："你真该死！你们胆敢提倡共产公妻，快些照实招来！"

杨答："共产不共产，这是看社会的进化如何，不是我去提倡就会共产，不提倡就不会共产！招不招不大要紧。至提倡公妻一事是有的，可不是我们，而是你们发财的做官的，你们天天嫖娼宿妓，这不是你们所提倡的公妻吗？还有一层，好像王县长都有两个老婆，这就是公夫；公妻公夫都是你们提倡的，都是我们早晚所应该打倒的！"

王气的要命，再拍案的说："打！打！

其珊同志被打得体无完肤了。

王喝将犯人下狱加以镣铐，乃退堂。

此时彭湃林甦彭汉垣蓝镜清莫水夹林沛妈安洪垂李劳工等数十余人逃至大嶂山边之小庵寺，此地形势非常可守，并且四围都是热心农会之农民，又有农民在山顶及山口放步哨。寺中之道士是一个东成王党①，民国四年曾举兵攻陈炯明失败，乃化装为道士；这道士与洪垂同志前时是同党，他知我们逃避来此，备极欢迎，并很恳切安慰我们。我们在此就开始讨论应付的计划。彭湃是主张招集大队农民起来反攻，痛快淋漓的混杀一场之后再作道理！赞成此说者多半是农友们。彭汉垣则以为不然，谓杀之是很痛快的，但是杀后他们必杀农民，那末农会是不再做就可以，如仍要继续努力下去则不应如此，阿湃是激于一时之气如此主张。以我意见还须去老隆，因为陈炯明固然是不赞成农会的人，但是对于这次解散农会拘押农民或者他是不主张的，我们可以用感情的话同他说明此次风灾水祸之时，县政府不但不能体恤，而且加以虐待，传闻出去实于政府名誉大有损失，且他近来曾对人说话间表示很佩服海丰农会，且很佩服阿湃，盖彼久欲利用我们，不过我们没有何等表示，彼也不敢利用。观其三月间陈炯明失败在香港时，他曾对林晋亭说彭湃如何的能干，就拿起笔来要写信请彭湃到香港去面见他，适遇钟秀南来见陈炯明，对他说彭湃现在有了二十余万人拥护，比你还要大，你那能请得他来！陈炯明就把一封信扯破了，暗叫林晋亭写信邀彭湃到香港。后湃到了香港来，他竟在政治失意的时期捐出百元的港纸，——此时百元港纸捐下农会，好像割了他块肉似的，但陈炯明仍可做到，且他对我曾说过："我（陈自称）回去海丰一定要减租，你们（称湃）可努力进行。"他这话虽不

---

① 东成王党，是会道门秘密组织，东成王为刘福田，1913年为林干材杀害。

是真意，但是可以证明他已对农会降服了。所以我主张湃到老隆去见他，我们应提出的条件：（一）即时释放被捕农民；（二）减租照农会决定收纳；（三）恢复农会；（四）惩办粮业维持会王作新等。如他能够办到（一）（二）两条算胜利，（三）条我们可以在秘密中去做，不必挂起招牌，（四）条明知是绝对做不到的，也不妨提出，倘（一）（二）都做不到，那就可暴动了。

林甦同志甚赞成此说，提出汉垣与农友可在后方准备武装，湃兄速行，如果不达目的应予以最后手段出之。众皆赞成，乃决定彭湃林甦蓝陈润三人赴老隆，即日起行。

老隆距海丰五百余里，一路皆高山，步行要六七天才可以跑得到。林甦同志患足病未久，怎能跑得这样远，但是林甦同志也忘记了这件事，只是顾着赶快出发。甦和湃陈润都换过了污烂不堪的衣服，如乞丐状，三人共带了十块钱，数十农友都送到村外，齐声叫道："奋斗呵！奋斗呵！"乃日同志拔出手枪，说道："我应送他们过了海丰境才回。"众甚欢喜。是日乃旧历七月六日下午二时也。及晚我们（彭湃林甦蓝陈润）三人跑到了将近惠阳交界之高潭墟，乃日同志也回去了。此时经过东埔寨乡面前，有该乡某农友知道我们是农会同志，乃呼我们到他的家里休息。少顷，他拿出烟茶来了，很恳切的对我们说："此地你大声说话都不要紧，这里通通都是我们会内农友，你们打算到何处去呢？"我们答："要到老隆去。"某农友说"我心内都料你们一定要去老隆的。"湃等就将农会被解散及要到老隆的经过告诉他们，此时男女小孩都走来听，听到农会被解散，连妇女小孩都觉很可愤。少顷，某农友的媳妇来叫我们道："已烧好了水，你们跑路当洗洗身，请从这里来。"我们洗澡完，复和农友说话，这个时候听见杀鸡之声，我等马上就劝止他不要客气，某农友笑道："你们要到老隆去，这样辛苦，今晚当饮杯酒壮壮气，这里乡村有钱没有东西买的，故养些鸡来款待好兄弟，请你们不要嫌。"

某农友又问："老隆这样远你们怎样行得到呢？"

我们答："为着大家利益无论怎样远都是要行的，我们这次受了农友们的重托，故觉不着甚么辛苦，你可放心"某农友又说："你们不怕辛苦我是知道，可是你们三人除了陈润兄可以跑得，老彭和老林恐怕走不得六天的远路。"

我等答："笑话了！再加一倍路也是行得。"某农友说："你口讲是讲得，你跑就不跑得。""好了，请请几位阿兄来食饭。他的媳妇这样叫。

某农友就带我们到厅中去。这厅是很小的，除了安放菩萨及农具等仅可以放一小桌，我们六人团坐一桌是很窄的，桌上有鸡肉鸭肉猪肉咸鱼咸菜酒等，我们素少饮酒，但是在这极亲爱极快活的境地当中，是令我们要大饮特饮的。饭后，某农友说："你安心睡，今晚十二时叫你起身准备起程。"

十二时到了，某农友来叩门请起身，我们起来的时候，厅中的饭菜已经摆好了。饭毕，某农友打起足绑，携着长柄纸雨遮，打一枝马灯，叫我们上轿，我们就怪道："为什么备轿呢？"此时旁的农友要来送行的就说："你们不要理，请你坐就坐，我们希望你快些到老隆。轿夫同你到了紫金，当可回来。"我们说："既然是这样，我们当把一点钱交给轿夫的家里。"某农友说："通通都是农友，要钱把谁！将来你们回来，农会恢复，那时你才把钱，我当和你接收！现在，你们已经无钱可用，不要说了！起行！"我们就很不快活的坐上轿去。这轿本不是轿，因这里小乡村是没有轿的，昨晚他就把抬猪的竹杠绑成小轿，轿夫也不是轿夫而是农友，未曾抬过轿的，我们一面坐一面不过意，多是坐一坐就跳下来跑一跑。又兼是晚下雨发风，路更不好跑，又怕为高潭墟驻防军所知，火也吹黑了，个个都不敢作声的跑。凡经过几个神庙佛宫，某农友便放下雨遮走入去烧三枝香，拜一拜，说："祝我们到老隆一路平安，农会恢复胜利！"这虽然是一般农友们的迷信，但是他这种表示确实激动了我们的心情，觉得精神上有无限的安慰，使我们当时承当不起！天将光我们到了高潭，又避在姓黄的农友家中，早膳后又行，某农友和姓黄的农友都送到三十余里之远，乃相别回去。这时候，雨愈下而愈大了，所行的路都是山岭，崎而又滑，难行得很。是晚，天将黑，刚跑到三江口，这地有三条水是很急的，过水是无船的，只有杉木绑成一排一排，两岸系以草绳，过渡时用绳拉过去，我们过了二重渡之后，天黑已到不可辨别人面；举头一望，前无人家，后无宿店，焦灼异常。不久，有一个农夫荷着锄头从此经过，他看见我们几个人，以为是丘八，就逃跑了；抬轿的农友乃呼道："唔使怕，我们不是兵。"这地是完全讲客话的，湃等不会说。这位农夫听见声音好像邻乡的人，就停足，但仍不敢进来；抬轿的农友乃进前去向他解释明白，他便向一条小河渡过去。我问抬轿的农友说："今夜怎样办？"他答："不要紧，等下儿，他（农夫）就来，等等罢。"大约过了二小时，那位农夫携着灯米鸡来了，我问鸡做甚用？农夫说"来食"。马上抢过来，主张不杀鸡，因我们临行时，甦兄带有几条菜脯在身，可以送饭。这位农夫带我们行了半里，到一间店，此店因兵灾已不敢做生意有数年了，近更被风灾打坏了一半，我们就住在一间不坏的，马上就烧饭吃了。据这位农夫说："此间受陈炯明兵队骚扰得很凄惨，逢物抢，逢人掠，逢妇女奸淫，现在人人见着兵，连鬼都怕了；所以我刚才逢着你们，误以为兵，故我快些跑，后闻说是农会的兄弟，才甚欢喜。"我们问："你们这边有入农会吗？"他答："有好多人入了，我尚未加入，但是我很欢喜农会的。"彼此谈了几点钟，乃各自睡去了。

次日天将光，就早饭出发，临行时我们送柴米钱一块五角，给这位农夫，他接了钱之后，连同一张纸，等我将行时放在我的袋里；我取起来看，那张纸写着，其大意："诸位先生是出来救穷人帮穷人做事，尽忠尽职，此银断不能取，故特奉还。并祝一路平安！"我们看了这张字即对他说："我们做农会是应该的，不是救人，是穷人自救，我们不过受了大家命令，是喜欢如此做的，如你不收钱，我们只好永远誓不经此地。"他见我们态度强硬也是难以为情的收起来。

我们起行，他送了很远方回去。是日天气较好，路觉得很爽快。可是山岭重叠，一路总是上山和下山，中间是没有平坦的路可行。我们所经过的乡村，都是被陈炯明的军队所骚扰到十室九空的；有的人烟未绝的村庄，看见我们就关门闭户，我们想找点茶喝都不可得，所过的墟场都成废墟，凄凉满目。我们一路饮小坑的水，或食青菜和生芋来充充饥。当我们过一个山岭的时候，有一个村民，头戴竹笠，挑着一担东西约七八十斤，贸贸然来，望见我们就把竹笠和担子掉去，向后如飞似的跑了。我们乃大声呼："我们不是军队！你不要骇怕！"我们越呼他跑得越快，我们恐他的东西失落，乃不得已自己挑起来，一面叫一面赶他，他跑到一个距离很远的山尖岭顶，就站着来看我们。我们摇手叫他回来，并将他一担东西放在路上，指着叫道："东西放在此地交还你，请你不要怕，我们不是贼，也不是兵！"我们就不理而去了。

我们今天跑了一天，都是穿山过岭，我们所接近的都是森林和岩石，很大的天被山岭遮成杯盆一样。我们通通都不怕，只怕遇着老虎。

我们一路都没平地可以坐坐轿，林甦同志唱唱歌曲和讲讲故事，也不觉何等辛苦。今晚五时，到了龙窝墟，住在一间小客栈的楼上，听闻紫金县长到了龙窝派提军饷，墟中商家很不满意。晚餐后，我们因蚊子多不能睡觉，乃出去外面散步，遇着警察把我们捉着说："你们夜里不穿鞋，也不穿屐，到底是不是盗贼？"我们说："我们是海丰到老隆当兵的，故没有带鞋屐。"警察带我们回客栈，叫我们不好夜里出去。

次早（旧历七月八日）五时饭后，把抬轿的四位农友留一位同行，余三位给以数元作路费，打发他回了去，我们四个人即向紫金城进发。此时身上没有一文钱了，林甦同志说："我身里还有一只镖，到紫金城可以当，不怕无钱。"今日一路所过的景况同昨天差不多，不过少些山岭。是晚到了紫金城，住在西门一个客栈，林甦同志就将金镖取出来去当，不料当铺早已止当了，林甦同志就想把他摆在街上去卖，那店主说："此地人贫，谁要用金镖呢？"林甦同志想押给店主，店主冷笑一笑："要来做甚么？"我们觉得失败了，今晚如找钱不到，恐怕要被店主扣留。在这里人地生疏，想来想去一点方法都没有。我们这个时候，以为若没有办法不如到街上去走一走，做乞丐也是要干的，留两位在店中坐，林甦和我就出街去。刚刚走到城内，去看了一会，湃就对甦说："喂！家族主义已经给我打死了好久，他的遗骸或可以利用来解决我们的问题！"甦同志说："只要有利于我们的工作，能够达到老隆，家族主义也不怕利用罢！"湃就指着壁上说："呀！你看这一张紫金地方分庭的布告，尾后写着检察彭某哩！这彭某从前曾到过海丰做过官的，和我的祖父是很好的，他时常到我的家里来食饭，我很认得他，不知他认得我不；若我们入去找他，就可以向他借些钱用了。"甦同志说："夜将深了，快些进行，免误大事。"乃回去客栈，写了一封信，向彭某借钱五元。彭某乃着人送一名片来，请我们去面商，他很亲切就借五元给我们了。

次早发了店账，就向河源境界之蓝口方面进发，行了四天才到老隆。

我们到了老隆，即以海丰农民代表之资格去见陈炯明。陈炯明问："你们弄出了乱子呢！"

我们："乱子不是我们弄的，是他们（指王作新钟景棠）弄的，陈先生你知道海丰的风灾水祸大到怎样呢？农民苦到怎样呢？"

陈："大到怎样，苦到怎样，也是应当照旧例主佃来分割，断不能任你们提出三成就三成，难道你是皇帝吗？"

我们："我们不是皇帝，相信你也不是皇帝，地主官厅也不是皇帝，为什么满清皇帝的旧例，陈先生都可以把他推翻了，而不是皇帝的分租旧例，我们不可以推翻呢，我们推翻凶年主佃分割的旧例，是很有道理的，不是糊涂的！我先问先生，业主和田佃是不是要很相爱的才对呢？是不是业主出田，佃户出种的本钱，合起来，好像商家合股去做生意的一样呢？"

陈道："这自然！"

我们："但是生意做去，亏本或遇灾难的时候，是不是要两相吃亏才公道呢？譬如甲乙两个股东，阿甲不管生意亏本不亏本，总是要取回自己的原额本钱，且要迫阿乙还他的利；阿乙此时本钱既已损失，又要还阿甲的利息，这岂不是不公平到极点吗？"

陈："这是对的！"

我们："地主一次过的买一丘田，交给农民去耕，农民就年年春春要用许多种子肥料，农具工食的费用，才会有谷生出来。所以地主以田为本钱，农民以种子肥料等耕田必要的东西为本钱，正如股东做生意一样，但是遇着风灾水祸的时候，地主的田——股本——是不会消灭的，农民投在地面的股本就没有了。这个时候农民应向地主算账，叫地主补回他的损失，不应该由地主倒来迫农民赔偿他的利息，陈先生所主张的分割，就是把农民残余的血本让一半给地主做利息。况兼海丰此次农民罹灾，为海丰开天辟地以来未曾见过的，要主张农民和地主分割，不啻叫农民去死个净尽罢了！所以农会主张三成缴纳，还是昧着良心与地主妥协的，所以农民大会把他加上二个'至多'的字，说：'至多三成交纳'，这是革去几千年来地主苛刻农民的恶例，和先生赶走满清皇帝同一个道理"！

最骄傲最自恃聪明的陈炯明，听了这些话也点点头，说："是是！"

陈继着说："喂！他们说你们在海丰造反，搜出很多尖刀铁串和旗帜等，有其事吗？"

我们："你看在近今科学如此进步的时代，尖刀铁串等可以造反吗？农会有刀也有铁串，可不是来造反，是来自卫的。刀固是可以杀人，同时也可以保护人；农会有刀，非但没有杀人，更没有造反！"

陈："我拿他们打来的电报给你看！"

（一）钟景堂来电，略说："彭湃在县召集农民土匪和买军器，希图谋乱，殊非总座发祥地（指海丰）之福也，应如何办法，速电祗遵景棠叩"。

（二）海丰县长王作新电，略谓："彭湃林甦余创之等，招集农民勾通土匪，私藏军器，约于五日（即阳历八月十六）早暴动，扑攻县城，作新负有地方之责，乃于五日拂晓会同钟师长部队进攻匪巢，初匪犹开枪顽抗，幸士卒奋勇冲锋，将匪击败，匪首彭湃已逸，当场捕获匪徒杨其珊黄凤麟洪庭惠等二十五人，并搜获铁串尖刀数十枚，旗帜印章委任状手令等甚多，除将逃匪彭湃林甦余创之等通缉外，特此奉闻，余容续报。王作新叩"。

我们看后说："陈先生信不信呢？"

陈："这我当然是不信的。"

我们："那么请先生容纳我们几个要求：

（一）释放无辜被捕之农民；

（二）电业主须照农民减租办理；

（三）恢复农会；

（四）赔偿损失。"

陈："你提出这样多，更易惹起他们反对我，因为我的六叔都参加在内，我是很怕的，不如将第一条先做，如达到目的，再做第二条。"

我们："好！就请你办第一条。"

陈炯明就入去他的房子里，起草电报。

我们和陈炯明的机要课员说话，因他们都是旧同学，有点感情，该员等就取出海丰马育航刚才打来的电报给我们看，大致说："总座，前电谅达，彭湃兄做事有毅力，后辈中甚有希望，惟造尖刀铁串未免忽略，以育意见，不如送湃兄留俄，异日必能为吾等之助，农会暂缓举办……。"

少顷，彭汉垣从海丰来了一电，略说：

"湃转陈总司令鉴，农会被摧残后，王作新派队下乡迫交会员证，每张数元，到处骚扰，又查封农民药房，解散农民学校。粮业维持会下乡迫租，群情激愤，若不设法制止，将必激成祸变，诚非桑梓之福也。"

陈炯明携着电稿来给我看，其大略：

"海丰王县长览，凶年农民要求减租，事属正当，业主要求分割，必令农民损失过重。农会提出三成交纳，也不能一律如此；应组织农租公判会，业主农民各派代表参加。查邑中最公平者为吕铁槎先生，可请其办理，至于捕杨其珊等二十余人，查非聚众扰乱治安，应即省释，以免地方受害，并函知粮业维持会为要，炯明。"

我们看后就加上"农会及"三字于尾段，改为"并函知农会及粮会维持会知照办理"。——全文最要的就是，"查非聚众扰乱治安，应即省释"一句话。余都是空的，这个电打去了，我们也认为满意。

陈炯明留我们午餐，我以为可借此宣传，也不却；在食饭时，我们谈了很多农民的痛苦。

次日我们决定林甦同志留在老隆，因林同志行路过多，每天大便放血甚多，恐在中途发生危险；一面他可常时住在机要课调查他来往的电文（机要课员如遇绅士告农会的电太与农不利的，就删去，如陈电绅士太弱的字面就换强硬的，这也是他机要课员受我们宣传的结果）。湃与陈润等就先回海丰，我们一路行了五天，适五华水灾，舟不能行。过了几天，才到了潮安，就去见李春涛兄，春涛初不知道我是谁人，我就把头上的破竹笠放下来方知道是我，他就问为甚么弄到和乞食一样呢？我就把海丰农民运动受摧残的经过告诉他，他说："这是一个革命运动必经过的途径，再干吧……"。我就请他替海丰农民起草了一篇：《海丰农民告同胞的宣言》，寄发各地。我们就从汕头再跑了四五天，才到陆丰。当我离陆丰尚有十余里的时候，适遇着陆丰钱厝乡两位农友，扛着空轿从葵潭回来，与我相遇，他就很欢喜的问我农会交涉的近讯，我一一告诉他；他就要我坐轿回去，我固辞，他一定要，我以为坐在轿上可以使人看不见我回去，也就坐上轿去了。那两位农民跑得加倍的快，使我真是十分感激。我把轿门遮蔽了，我经过陆丰的大街，忽然有人拉着轿夫的手说："内是谁人？内是谁人？"轿夫总不答他，一味跑。我在轿内初以为是敌人来捕我，后听真，似是李劳工同志的声音，乃伸首一望，果然是劳工同志，一直到钱厝乡去住宿。据劳工同志报告，许军进攻，海丰陈军及居民大为恐慌，县城有很多人搬走了。即夜与劳工同志由陆丰跑回海丰，约七十余里，到天将光始抵彭汉垣处，就互相报告情形。

据汉垣报告：自我们去后，王作新及地主绅士极为横暴：

（一）公平白水湖有农民耕某庵寺和尚的田，农民初尚不知农会被解散，和尚向农民收租，农民坚持"至多三成交纳"，和尚报告公平警察。此时警官以为大可乘机去勒索，乃派六名警兵去拘农民，被该乡农民打得落花流水，跑回来报告区长，区长陈绍昌亦无法，因再无兵可派；乃商之筹饷委员张云卿。张有四名护弁，四枝驳壳，张乃派其护弁去捕农民，该护弁到该乡未见着人先开枪乱射，结果打不倒一个人，徒把子弹打了一半，也拉不着一个人，就回来。张云卿气到要死，乃同警察乘该乡农民无备，即捕去四个父老押在警署，打算勒钱。该乡农民无钱可罚，乃送县公署王作新去办。王把他们罚了八十元，此钱是被捕者五人的家裏中，一人去卖子，一人去卖女，一人去卖牛，来缴此罚款的。王作新得了钱就放他三人回去，公平警察署探知此事，再把他三人复禁闭在警署中。他三人问："县长已办妥，为甚么你要捕我呢？"区长说："县长的账算清楚，我的账是未清楚的；无论如何要罚你一百元才肯释放。"

后由近乡父老去担保，罚了四十元了事，此四十元一个月内是要还的，如不还，后再监禁。

（二）监内的农友无饭可食，无钱可用，经我和陈修志云等设法维持，每日有菜有米有钱送入去，送了一个多月，后闻监内一点都没有取到，被游击队长王三益取去了。狱内的同志日中锁着铁链足镣，夜间并加以脚槽酷刑。身上所有东西也当尽了，米也食尽了，秘密到各乡捐题的款也用完了。

（三）陈炯明来了一电，他当时暗使人抄出来寄去海丰《陆安日刊》载，该报主笔陈伯华故意不登。乃该报的排印工人以陈伯华故意不登，他偏要登，为农民作一声援，也就故意排下去。次早，报登出了，陈伯华看见了大发脾气，来骂工人，要打工人，当时这两个工人就被陈伯华开除出去，这可见工人是表同情于农民的好友！

（四）农民医药房本是要封的，因外说农会存有款四千余元在药房，故钟景棠派来之军需委员（冯碧环）要迫药房交银，否则扣留医生及封屋，后适马育航回来，稍为劝解，始中止。

（五）杨其珊的老婆及陈梦之母都曾来坐谈，她非常明白，也倒

120

来安慰我说：其珊陈梦虽被禁，是不要紧的，请大家安心。

（六）农会虽然解散，而实不散，各乡天天都有很多农民和我们接近，其关心农会甚切也。就全县农民观察，亦不因此次摧残而沉寂，反因此而激昂，此为最可乐观的。

（七）陈炯明打来的电，我们以为必能发生效力，结果不然，王作新直置之不理。由此可以看出这回解散农会，陈炯明是暗中有关系的，这电文不过是敷衍我们而已。

（八）香港陈炯明之手下黄毅（黄系《国华日报》的记者，陈炯明的走狗，与湃从前在东京同学，故相识），曾打电给陈炯明马育航等援助农会，主张放人，及恢复农会，并有来书安慰我们，祝我们奋斗，尚属有点眼光，但其用意：（一）是想利用农民；（二）是怕得罪民众。

（九）林树声即林晋亭，此人虽然是陈炯明的党，是陈炯明最信仰的一人，但他对于农会是很赞成的。他的赞成农会也不是激烈，是他与湃有感情的关系，并且他平时很看重湃，因看重湃，故重视湃所主张的农民运动。林亦有函电给陈炯明，请其释人及恢复农会，其主张较好。林另有很多函电去责骂王作新乱捕农民，解散农会之不对。我们观察这种情形，乃决定以下几个办法：

（一）陈炯明在这个时期已经是衰落的时期，绝对不能指挥其部下，不过仅存总司令的名目。并且陈炯明对于解散农会是暗中有关系的，要希望释放农民是做不到的；只有向外募捐，以维持在狱农友，并安慰其家属。

（二）林树声黄毅等倘来到，用其推促陈炯明。马育航是表面中立而比较接近的滑头派，也可以利用。

（三）彭汉垣、陈修志云诸同志在海丰暗中去联络各乡农友，但暴动是无益而有害，不主张暴动。

（四）李劳工彭湃出发汕头香港一带去活动，惟广州方面则尚未可去，恐怕被逆指为乱党，致一网打尽，使农会再不能活动。即去，亦须绝对秘密。

我们决定了这几个办法之后，湃与李劳工等即于次日秘密由陆丰赴汕头，再由汕头转渡香港，去找林树声。林对王作新举动极抱不平，对陈炯明则叹其无用，屡次电陈而陈亦不应。劳工和湃在港就住在黄毅办事处。此处是陈炯明机关报办事处，为陈秋霖陈伯华所时常来往，他们办事在楼上，我们在楼下。在香港捐款是绝对不可能的；（一）识人少；（二）无人表同情。我和劳工同志一天无事，只有到人力车工人里面去宣传。香港人力车工人大多是海丰来的失业农民，其中也大半是农会的农友，一见我们非常亲切，他们对于农会及对于在狱同志极为关心，乃发起募捐。当时有王大水君（此人由劳苦而变成香港的小商人）到群众里头去演说，很受他的欢迎。

车夫中捐款最少六仙，至多一元，以二三毫者为最多，大约捐了八十余元，我们非常满足，即寄回海丰去救济了。

此时陈秋霖陈伯华所办的《香港新闻报》，第二三期攻击海丰的农民运动，我们也做了一篇文章去辩驳他。

我们在香港一个多月中，因海丰工作的关系及消息很灵通，算能指挥其活动。同时老隆方面林苏时有来电报告一切。

后林树声主张我们再向老隆跑一回，或可促陈炯明的注意，我们亦以为在香港久留是无用的，乃与劳工同志两人渡汕向老隆进发。我们跑了一个星期的路，到了老隆，再见陈炯明。

陈炯明很客气的对我把手款茶。

我问："陈先生，海丰农民被捕已数月，你去了几次电报都不释放，是何缘故？"

陈说："这班绅士是很可恶的，胆敢打电来骂我受你的煽惑，数日前王作新来了一电，说：已判了半年监禁。"

我："先生既然有命令叫他放，显明是违抗命令，何以先生不取缔他？"

陈："这完全是我的叔父及王先生（指王作新，王是陈炯明的夫子）所为，我是怕他的，你要知道，现在的'新社会'是绅社会'不是'新社会'，是万分难做的，此事等我到汕头才和你办，因我不日要到汕头去。"

我们："好了，等你回到汕头也可。"

陈："我这里甚少人办事，即有也不负责的，实在是内务欠人，你可在我处帮助，我回汕头你也可以同我一齐回去。"

我们此次来老隆，见陈炯明的态度更不对，足证明他是毫无能力的，是将近衰败的军阀。

有一次他在机要课室与我们谈论革命，他说："中国最大的军阀袁世凯，业已灭亡；其次是孙中山，哼！孙而不打倒，广东无安宁日子；现在孙中山居然主张共产，与列宁同一错误。列宁是抢私为公的，我是主张化私为公的，现在中国最适合的是基尔特主张。"

我们："在中国现在不要说甚么主义，最要紧的是解放全国多数农工群众的痛苦。如能在实际上主张工农的利益，为中国大多数民众谋幸福，切实革命的，我们应认他是好的！"

陈听后就走起身来，叫机要课员打电到惠州及香港海丰，说："广州两杨已独立……应速进攻，大约一星期内可进入广州。"此时总司令部人员欢天喜地，燃炮饮酒，只有我们知道他是造谣惑众。

过了两天，陈炯明回汕头，我们也和他一路走。我们时时向他宣传，有一晚在途中岐岭的地方宿营，陈炯明与劳工同志谈论了一夜，到天将光才睡，劳工同志极力向他宣传。次日陈炯明对机要课员说："李劳工是不是彭湃的党徒？"机要课员说："他既同来当然是。"陈说:"这个是伟大的人物!"

到了汕头,我们又去找他,提出解决释放农民问题。陈说:"这件事现在只有分散绅士的势力,由我先写信叫我的六叔不要理;同时并写信劝导老绅士动以利害,使他势力分散,就易于进行。听说你们从前在海丰招集农民五千余人去司法衙门抢犯人出来,实在使社会上人士对农会发生恶感,并闻杨秉为说你向他借用驳壳,有无此事!"

我们:"借驳壳无其事!"

我们经过这次的经验,更觉以要求陈炯明释放农民是笑话了,所以我们就退了出去了。

次日,陈炯明叫人来请彭湃到总司令部,我以为他是来磋商释放农民的问题,不料他是叫我同他一齐到惠州去帮他的忙;并定明日就要出发,叫我准备一切。我当时只有含含糊糊的答复他,他并嘱军需长处交二十元给我做零用,他就转入房去了。我也回去召集劳工务农林甦陈魁亚诸同志出来磋商这个问题。决议:

"湃同志回海丰既不能,留汕头也无大的作用,不如与陈炯明一齐到惠州,时时催促他,或者海丰绅士官僚知道你与陈炯明一齐去,他怕你将来会做大官,或可对我们让步,甦同志在此设法维持后方。"此主张多数赞同。可是我(湃)的意见始终都是怀疑:"做农民运动,这些方法是错误的,还是要从农民运动的根本方法,发展农民运动去求之才对!"可是我这些意见多数不主张。

为尊重多数意见,乃不得已同陈炯明出发,我把行李携到总司令部去了。此时街上警察军队大戒严,是因陈老总经过。我们到了总司令部,看见绅士官僚地主资本家买办,面团团肚肿肿的一些怪物,纷去沓来与陈送行,我看了不知几多火起,恨不能把他一概用机关枪扫光!于是我更以为主张到惠州之政策为不对,为绝对无用。此时适劳工同志来,对我说:"你去后此间同志一个钱都没有,饭尚无可食,怎样活动呢?"更确定了我的观念,乃取电纸拟一电以告陈炯明,说:"湃的母亲病危在家,要即回家省亲。"陈看了电说:"我是从海丰汕尾经过的,你可同我一路。"我说:"我尚有舍弟的家眷要我带回去的,所以我从陆路出发。"陈说:"也可以,你母亲病好当去惠州。"我说:"是的。"

这时我脱离了陈,精神都轻快起来!

马上就发起组织惠潮梅农会于汕头,我们的目的:(一)是联络各县农会声势来援助海丰农民;(二)是借以筹款救济海丰在狱农友。

这个时候,因我是海丰人,以素崇拜官僚的潮汕人,当是要看重我。

于是乃出发澄海、潮安、潮阳各县联络,其旧式的先成立惠潮梅农会筹备处于汕头,再联合五华的农会,并定期开各县代表大会。计当时加入者有:海丰,陆丰,惠阳,紫金,普宁,惠来,澄海,潮阳,潮安,五华十县。并向潮梅总指挥立案;并一面电告陈炯明以发展之状况,并说农民群众已渐觉醒起来。又一方面向各机关捐款,初时甚难着手;后陈炯明自惠州来电,语意说得非常赞同,而实不主张有农会之组织,在不知陈炯明的心内藏甚么东西的人,是绝看不出陈炯明是厌恶农会的。我们就把这封电登在报上,并派员向各机关捐款,各机关官长以为陈都赞同,乃纷纷捐款,约可得千元。但交实得五六百元。乃一面寄回海丰去,并一面将当地农民运动如何进步,如何发展之速以电报告陈炯明,陈炯明以为农会由海丰而发展于潮梅,竟有十余县,并且有数十万会员,彭湃此人若不加以注意,将来是足为东江之患的。所以陈炯明时常都有电来惠潮梅农会给湃,意在向我们联络。

惠潮梅农会成立后一个月间,陈炯明来一个电约五六百字,里头大意说:"彭湃先生鉴:现在中国革命须分为几个时期:第一个为武装革命推倒国内各大军阀，使其大权旁落于小军阀之手，实行联省自治，此为第一期。第二期为文装革命，使人民组织团体，然后带领老百姓来打小军阀。但此时有互相含接之作用，现在尚属武装革命之时期，离第二期之文装革命尚远。君品行高洁，任事努力，炯所素佩，敢请即来惠城，共商革命大计，勿却为荷。炯明。"

我们接到这电报，就知道他是要我离开汕头，并指出此时不是人民组织团体带领老百姓革命的时期。所以我们便复一电给他，大意说："陈总座鉴，电敬悉，所云甚是，但无论在武装革命或文装革命，应以群众为革命的助力及声援，乃能取得胜利。故在武装革命时期组织人民是有利于革命之进行，革命如离开大多数人民群众结果总是失败。湃本拟即日首途，以此间成立伊始，事务太繁，非理一二星期不能抽身，何日起程赴惠，当再奉闻。彭湃。"

过了一个星期，陈炯明又再来一电，说："彭湃先生鉴，刻有一重要事件待商，请即日来惠，至盼，炯明。"

我们这个时候以为若不去惠州见他，敷衍他，恐怕他对于农会及各同志难保无怀疑之处，以致农会进行受阻。并可因陈炯明之请，道经海丰，一班绅士，必能让步，乃决定赴惠。其中并有以下原因：

在这个时候我们得到海丰农友的消息——时常和我们通信，很盼望我们回去恢复农会，其要求之目的有三点：

一，在有农会的时候，地主不敢十分加租，吊田迫旧新租等等去压迫农民，土豪劣绅警察与及县城的流氓都不敢鱼肉农民；农会解散之后，他们就向农民进攻。

二，在有农会的时候，军阀官僚抽派军饷不敢十分硬派农民，即有之，如以农会团体之名义去请求也可取消或轻减；农会取消之后，农会如无主孤魂，任人派勒。

（注）我们当农民被派军饷的时候，我们去质问官厅说："你们派军

饷是不是要钱？要军饷是不是要快些得手？你们要军饷是去得罪少数人好或去得罪多数人好？如果是要钱，就请去派富家，不可去派穷民——农民，要军饷快些得手，也是要派富人，因富人怕死，故交钱易而且快，富者少数穷者多数，派富人不过得罪少数人，派穷人得罪多数人。"这几句话海丰农民是说惯了。

三，在有农会的时候，农民间有甚么不能解决时，或发生镠辘时，就有一个农会来排解，免经过绅士官厅的手；农会解散后就感受困难。

我们（湃，劳工）回海丰，惠潮梅农会交林甦陈魁亚杜式榜三人维持。我们何以敢回海丰呢？就是陈炯明一共打了十几个电报请我们去惠州。此外还一个重大的原因，就是：我们不但因海丰农会解散之后而消沉，并且因解散之后而联合了十余县的农民（虽不十分可靠，但声势足以夺人）结合一个惠潮梅农会，已经是令人注意不少，而且汕头的报纸时常登农民运动的消息，所以海丰的反动派，觉得我们有了更大的势力，这两个原因就是使海丰的反动派对我们让步的。

所以我们一到海丰，就宣传这两件事实，就可自由行动，王作新的通缉等于消灭，王作新闻我们回海丰，竟对人说："彭湃本人我是十二分拜服的，不过他做事过激，我是他的母舅，本来是很好的亲戚。"

钟景棠在海丰，闻我们回海丰，也派了一个他的亲信人彭某到来我们处，说："钟师长是很拜服你们的人格的，闻你们在汕头成立农会，农会本来是好的，不过一班老头脑不清楚耳。又闻你要去惠州或者有事相拜托……。"

很多人以为钟景棠是要骗我们去入他的监狱，但我就不相信，一直去见钟景棠。

钟对我握手谈话，先问汕头的农会如何？你去惠州有何事务？

我："汕头农会有了惠潮梅十多县之组织，发展甚快，将来必可为总座之助。总座屡次来电催我赴惠，本当早日首途，只因各处会务太繁，未得抽身。近接老总来电说有革命大计磋商，当必是很重大事件，所以不得不赴惠见见总座。"并出电示之。

钟："我昨日派老彭去你处，他有去否？"

我："有！"

钟："农会本是好的，我是很赞成的，社会主义我也看过，确是很好的，不过要有步骤，如上楼梯，一级一级上是很安全的，不经楼梯一跳就要到楼上，结果只有失败，故我以为你们做事太热心太急进了，应慢慢地来。至前次解散农会捕农民的事，并不是我主张，不过当时王县长等及全邑绅士来电告急，谓海丰土匪暴动，我是驻防海丰的负有责任，若不派兵，倘有事变，责任在钟某自己担的，若我当时知道只是农会开会，我定不派兵。以后王作新叫我捉你，我还不主张！"

我说："是的！这难怪你，这不但我很明了，即二十余万农民也会原谅你。不过当时如没有你派兵，王作新是不敢作怪的。不过王异常可恶，他自己不做恶人，要恶人送给你做，用你的刀来杀人，以致个个怒你。王作新对人说：解散农会不是他而是你，你是上了他的当……"我的话未完，钟就说："王作新很坏，我是不久要换他的，不过他是老先生，一方面找人做县长是极难，故找不到，我的招牌是给王作新涂乌了！"

原来钟景棠因与王作新争某一笔款之故，致暗中互相冲突甚利害，故他也诋毁王。

我说："被押农民到今半年未放，这是易使农民对你不利的，因为个个都受了王作新的骗，一切罪恶都归在你的身上，所以我希望你去解释，把被押农民放出来，我到惠州也可把这件事去报告老总（指陈逆）。"

并谈几句闲话乃出。

在农民一方面，闻我们回来，欢喜非常，天天到来会面，几有应接不暇之势。我们听他们的报告，得到几件事：

（一）在农会被解散中，第二区（梅陇）的农民，暗中仍继续组织，主持者为叶子新同志，并一面向地主辞田，用同盟非耕的方法，而使地主受一大打击，卒至使地主发还往日批田的押金，及轻减明年的租额。过后地主乃联合第三区地主，组织粮业维持会第三区分会来抵抗农民，然都没有办法，结果地主屈服了，农民得到胜利。

（二）第二区及惠阳方面，在农会解散期间，仍有暗中加入农会的人计三百余人。

（三）农民要求武装自卫甚迫切。

（四）要求即时恢复农会，并恢复学校、农民医药房。

在这个时候，农民对于恢复农会的空气很高。

间有人问农民说："你们还敢再做农会，人押在狱里尚未放出，仍敢再试！"

一班农民答他说是："生为农会人，死作农会鬼，杀头也是要干的！"

我们乃召集各约农会代表会议，到会人数四十余人，由彭湃报告自解散农会到今日经过情形，由代表决议从速恢复农会，并准备欢迎同志出狱。

彭湃报告的要点，略说："在狱同志不日当可出狱（众听此说喜形于色），但是同志不日可以出，你们相信是谁的力量呢？我们对于这问题不可不有一个明确的了解，不然，同志出狱，农会恢复，都没有用处。同志能够不日可以出狱，并不是受陈炯明的帮助，也不是钟景棠王作新的好心，更不是彭湃等个人的本领，因为如果个人有本领，早早出狱，不待今日了。这完全是农民用本身力量，帮助自己，救出自己。因为农民若不是靠自己力量，而向别方面去求，是求不到的。这次惠潮梅十余县的农会代表，在汕头成立了惠潮梅农会，虽然内面不是十分好，但亦可以吓得人。所以陈炯明钟景棠王作新一辈知道农会愈解散，愈发展，愈压迫而愈长大，一方面固然是用温良政策来利用我们，在他方面确是怕我们农民的大联合！所以陈炯明也要来对我们低个头，说句好话！这就是一个最明白的原因。所以我们得到这个经验，农民运动非扩大他，普遍到全广东不可。单单是海丰一个农会，天样好也是无用的，将来更加把他发达到全国全世界去！"

过了两天，忽然钟景棠着人送一封信来，信面写着：送呈

　　彭总会长湃启

　　　　内详

一打开来是钟景棠一张名片，名片上写着：

"王县长已准释放农民，请速觅商，盖章前来保领为要，此致彭会长。"

钟景棠这封信称彭湃做农会的总会长，已经承认农会的存在了，同时说准放人，这就是我们所料的不错！即时着人保释，并一面召集附近农民，列队欢迎出狱同志。

同志的出狱，更影响于农民恢复农会之决心。

这个时候，我们赴惠之行，一天缓了一天，专想去理会务，准备再起旗鼓，重新奋起。未有到一个星期，惠州来了一个最妙令人痛快异常的消息就是：

"炯光司令病故，总座伤心非常，不日回梓，兄（指湃）可免来。"

陈炯明最可靠的军队便是其弟陈炯光部，炯光既死，陈更陷于末路。

我们乃乘机天天下乡宣传，及整理会务，并组织临时办事处于得趣山房，于是四方八面都活动起来。

过了几天，忽然又接到电报，谓陈炯明翌日可抵县城，我们就临时召集办事处职员会议，决议："农会的恢复应使陈炯明准我们成立，以后比较易于做事，故当他回海丰的时候，我们应去欢迎他，并召集多多人参与，可向他示威。"我们把通告发出了，可是到要去欢迎这一天，到者不过寥寥十数人耳，我们粘了千余枝小旗，却没有人来用，这就是因为农民去欢迎陈炯明是大不高兴的，所以没有人来。此时乃将在附近泥水工人（农民之为工者）用农会之命令抽出三十人，每人给一毫钱，共凑成五十人左右，乃携大小旗跑到离城二十里之一地方，名叫新寮桥，因陈炯明要从此经过的。这个时候以海丰偌大的农会，仅五十人来欢迎，未免笑话。我们乃在附近唱歌演说及燃炮，村中农民听见燃炮声及唱歌声，邻近数乡村男男女女小孩都来听了，大约有五六百人。我们演说了好久，闻陈炯明多半点钟可以到了，乃将带来之小旗子分发听众，并着其排列于路旁，听众要看陈炯明生来怎么样，也愿暂留一留。少顷，陈炯明来了，看见来欢迎的农民甚众，无限欢喜，脱帽向农民点头，刚刚出狱之同志杨其珊向前述欢迎词说："六百余人是各乡农民的代表，欢迎总座回梓，请许农民立会。"陈炯明说："工商学都有会，农民那可无会。"

陈炯明回海丰葬其弟，数日来都是料理丧事。我们是乘这个机会到各乡去活动。

这个时候是十二年旧历十二月间，我们就决定从底下的各乡农会先恢复，等到出年各约农会恢复齐，然后恢复县农会。

旧历十三年正月间，捷胜约（即现之第七区）农民协会，先由李劳工同志同去恢复。正月初四开恢复大会，到会各乡代表二百余人，参加农民亦有一二千人，并狮子等参加示威巡行。我们宣传的要点："证明农民耕田亏本，农民因亏本之故，迫不得已乃压迫自己的父母妻子，这种不孝及痛苦，我们应该设法来救济。农会就是救穷人的会，谁反对，谁就是罪人。"湃五日由捷胜回来，六日去见陈炯明，陈住在私宅叫做博约山房。我去见他的目的，是探探他目前对于农会取甚么态度，我到了博约山房就上二楼，在这个时候，陈炯明坐在左边的窗角，环着坐的人就是陈开庭王作新林卓存等二十余人，通通都是反对农会的地主及绅士，正是我们最恨的敌人。当我上楼的时候，陈炯明立起说："坐坐。"一班绅士看陈炯明起立，也就把身动一动。

陈炯明第一句说话："捷胜农会恢复了吗？听闻又唱戏，何必！"

湃："捷胜农会是恢复了，我也有去参加，唱戏是传闻失实！"

王作新："彭君你是个好人，我很拜服你，但是你做事太过激了，如提倡减租，暴动，是很错！"

湃："我是否好人不成问题，可是我们做事不但觉着无过激，而且觉着太温和了，做事过激的只是你们！何以呢？本年大风大雨，农民损失谁都知道，地主血本在土地，是不会损失的，农民的血本在地面，是被风打去了的，农民既无本钱可收，地主那有利益可求，帮助贫而受损失的农民不纳地主的利息，和帮助毫无损失的地主去勒索受灾的农民，到底谁是过激呢？并且农民还有至多三成交纳规定，所以对地主温和到极点了！你们诬告农民造反，总座也是不信，你们就胆敢不顾民意，把农会解散，又将农民二十余人监禁了半年，这是不是你们过激了尤过激吗！"

陈炯明："是的，老前辈应该教导后辈，即使后辈是错也不应该用过激烈手段。"

湃仍继续说："这是不要紧，还有应该为总座告诉的，自农民被捕之后，王作新派队到蓝镜清家勒索二十元，这是马上有证据的。还有其他农民被勒的都列起单子，慢慢可查。又被禁在监里的，被王益三勒去种种入监费也不少，有的确证据。又二十余农民被禁在狱的时候，王益三奉王作新命到被捕者之家族中去恐吓，说要枪毙他们，他们家属天天到王府去哀求，王益三等从中取利，并要农民的猪脚食，如有五六十元的即放他，否则不但不放，并且加以锁链，这是有证据有事实的。又当公平某农民，因还租致与地主冲突，被警察送到区署之后，解过县署，县署罚他罪款数十元，放他回去，行至警署门口，警署又再拘他们去罚他数十元才肯放人。以上种种的事实，三天还说不完。这是不是你的过激和是你的糊涂呢！"

陈炯明："如果有这样，应该查办！这就是等于贿罪！"

王作新："农会私造数千尖刀铁串，不是造反是做甚么？"

湃："至说我们农会私造尖刀尖串更不成问题，尖刀尖串如可以造得反，只可以去欺骗小孩子，农会即有此东西，也只是自卫，并没有去杀人去劫人；如果你说有，就请你拿出证据来！"

王作新说："你自己当然说没有。"

林卓存："我与你（指湃）是师生之份，我是你的先生，你是我的学生，情分本是很好的，为甚么你在报纸上来骂我呢？"

（注）林卓存是保卫团局长。

湃："这是笑话了！违背了大多数民众的利益，就是大逆不道！即父母也不理他三七二十一，何况师生情分！"

陈展麟："彭先生你是好人，办农会是好的，不过双方不可各走极端，应该和平解决。"

（注）陈展麟是个大绅士，又是个风水先生，陈炯明请他来修理祖地研究龙脉。

湃："你们天天剥削农民的膏血，把农民迫得要死，现在农民已觉悟起来了，你们再不得去欺负他们，如再欺负他们，只有你们上当！"

此外还有不十分重要的辩论，他们觉得理屈词穷，皆一一下楼去了。陈炯明也去了。座中只有我一人和陈炯明两个护弁，那护弁看没有人，就跑前来向我说："彭先生，你骂真是骂得好！我听了真是火发！这班吃农民的妖怪，非杀他个干净不可！"

湃："你贵姓？是不是农民？"

护弁："我姓陈！我是耕田的，因没有田耕，老总叫我来当兵。"

湃："你愿加入农会否？"

护弁："我愿！我早早想入！不知如何入法？"

湃："好了！你是我们的好兄弟了！请你得空到我处坐。"

湃到了农会，就把这事报告了，大家都说这番的胜利就是得到陈炯明两个护弁的表同情！

我们着着的筹备，定了旧历二月十三日为举行恢复典礼日期。由大会决定每会员捐铜仙六枚为恢复费，农友们十分踊跃，把六仙交到了。这个时候，城市的铜仙，由每毫银换十二仙短至十一仙，就是铜仙已集中到农会来，农会所收到铜仙一箩一箩的装着，可以示其多量了。

我们并决定于恢复时，演戏三天。

二月十二日到了，戏台搭好了，戏班也来了，将要开锣鼓，此时陈炯明叫人来叫我过去。原来是：

陈说："你们何必做戏呢？现在王县长因你们做戏之故，以致三天不出来县署了，他以为你们做戏他太无面子，可否请你马上停止？"

湃："做戏是农民代表大会决定的，现在戏请定了，无论如何是不能退辞的。做戏并不是坏事，而民众以为乐的，难道农民终岁勤苦饭已不准他吃得饱，戏也不准他看吗？这种无理的压迫，无论如何要反抗！"

陈："不然，请你搬到乡下去做，好吗？"

湃："谁肯去乡下做？去那个乡下做呢？"

无结果的退出了。

在农会酝酿恢复的时候，地主与绅士老早去迫陈炯明下令解散，并一方面去包围陈炯明的老母，要求其老母去解散农会。实在他们并不是因为做戏与否而争，是因为农会之恢复与否而争，故当农会酝酿恢复以前，他们已经是宣传农会与共产党及国民党有关系，去报告陈逆。

陈炯明对他们说：好，你们去解散他，但第一步不必用武力。次日王作新大贴其县署的布告，大意说：

"农会是提倡公妻共产，造谣惑众，前经本县长解散有案，兹复有不法之徒在外招摇，宣传农会，实属不法已极。顷奉总司令面谕，克日须将农会解散，如敢故违，定必严加究办，仰各乡农民知照……切切此令。县长王作新。"

我们即时召集各乡农民代表会议，报告这次地主绅士及陈炯明要解散农会的阴谋，众代表以为："我们应取消公开的组织而为秘密的，同时彭湃劳工诸同志亦须即时离开此地，向外发展联络；暗中组织，此间由志云汉垣陈修等负责维持。"计议已定，即将农会所有重要文件及会员名册等藏诸他处。

海丰方面农民，对于此次陈炯明解散农会，异常愤激，说到陈炯明三字，皆咬牙切齿！

补充

（一）地主压迫农民

先是陈炯明未有叫王作新出示解散农会的时候，即十二年十月间，员箖乡的农民因耕陈姓田主之田，凶年无租可纳，卒被田主派护弁追勒，妇女及小孩的衣物都被抢去了。所以该乡农民异常愤激，乃召集全乡会员开会，当天设着香案，对天设誓，以后世世代代不耕陈姓之田（此时农会已解散）。农夫农妇四十余家到陈姓田主的府上去辞田，田主一口就答应："好！你们不耕就算数！请你们还清旧欠！"

农民说："我们年年都还清租额那里有欠呢？"

田主说："你说无欠！我的租簿挪出来就有欠！"

农民说："呀！那就不得了！请你马上挪租簿出来看！"

田主："我的租簿都寄搭在外处，等我派人去运回来，才向你算个清清楚楚，你们快些回去！出去！"

农民没有方法，只得回去了。

农民等了半个月，田主并无消息，再去召集四十余家的农民，再去质问地主。

田主："我的租簿未运回来！"

农民："为什么等了半个月都未运回来呢？"

田主："个个都像你那样闲哩！小小事计较那样多，等我叫人挪回来，回去！回去！"

农民："等到那时候呢！要过年了！"

田主："挪回租部来就叫你来算！回去！"

农民又只得无法再回乡去。

等过了一个星期又无消息，乃又召集四十余家的农民，并请了该城里的约正和地保更练等到地主的家里去。

农民对地主说："如今租部挪回来吗？"

田主："那样快咩，刚才派人去了！"

农民："我不理怎样多，我们一定是辞田，我们从今日起把田交还你们，请批给别人耕罢了。今日有约正地保更练来作证，我们回去了。"

田主："耕不耕不理你！六月十月请你还租！"

农民："不耕你的田还甚么租！"

田主拍案大骂："你这种混帐东西！我没有准你辞田，你当然是要还租。你不还租，就请你看我的手段利害不利害！"

农民没有法子再回去。

等到陈炯明回海丰，农民协会将近恢复的时候，员簝乡的农民就来报告农会请求设法。这时候农会就代农民做了一张辞田的理由书，并驳倒田主的无理欺骗农民，呈报第一区警察署，警察使了双方的人去对审。田主无理由可驳，但是警区怕陈姓势力，不敢判决，乃说这不是我警察应办的事，请你们到法庭去罢。

农会乃将此事报告陈炯明，并派代表去见他。

陈炯明说："你们辞田就辞田，何必弄到怎么多人去辞田呢？你既是无理取闹，田主当然要多方为难，此事待我交落保卫团局去办！"

农会代表得了这个答覆乃说："为什么当凶年田主派兵去抢劫农民的东西呢？保卫团局都是一班地主劣绅的大本营，是压迫农民的机关，交把他怎么？不办就算了！"农民代表就去了。

补充

（二）农民仇恨地主

当粮业维持会及王作新以武力解散了农会之后，农民对于地主阶级仇视甚深。每当陈炯明被广东政府进迫到淡水、赤石的时候，海丰一班地主绅士就把家财器皿搬迁到乡下避难，农民不但拒绝他，且有在半途中把地主的东西散了或是打倒的。所以地主绅士乃集合搬到一个最反动的乡村，即是地主最多的大乡村叫做鹿境乡，有四五千人，分蔡吕两姓，一向都是反对农会的，不加入农会，农会也不准他们加入。

补充

（三）地主压迫农民

海丰第二区有一个地方叫做高沙约，全约有百数个乡村，共有万余人。这个地方——全约的土地通通是鹿镜蔡姓的大地主所有，不但农民耕田要纳租，即住屋还是要纳租。农民对地主像奴隶一般，地主在该约建立一个租馆，每年却派有壮丁数十人。中有一个是房长，住在租馆里面，向农民催收租谷，租馆里并设有长梯麻绳锁链藤条打板等的刑具，是不啻为满清一个政府。农民如有还租过迟或不清者，或旧欠拖延者，即把农民捕到，禁在租馆里，甚者吊起来——叫做"猴子吊"。等到被吊农民的父兄妻子把牛或儿子卖了，老婆嫁了，用钱来赎，才放下来。或者比较轻的就禁在房里，用藤条或木板一五一十来抽，等他有钱来赎，始放他，再轻一点的就拉农民的猪牛来抵租，或搬去农民的家具，或农具锄头犁水车等抵押。其最轻者即是等农民于下午赴市回来，手中买有多少鱼菜，田主即伏于路边抢之以抵租者。故该约一般农民都不敢从地主租馆附近经过，及海丰总农会成立的时候，该地农民团结比别处更为坚固，时时有袭击租馆的声气。地主纷纷逃回，以后就不敢再到租馆了。

补充

（四）会员证之滥用

当农民协会未被解散以前的时候，农民团结的势力使一般平时以压迫农民为事者都怕起来了，以故有甚么事如打官司，被派军饷，被拉夫，在街上同人口角，农民就把农会会员证出示于人，表示我是农会会员。在法庭内法官怕了农会，看见农民把农会会证挟在呈词内，有时法官就果然不敢乱断是非压迫农民，在派军饷有时也可发生效力，还有陈炯明的兵士也怕农会，兵士有的不知农会证是甚么东西，他看农会会员态度比常人较强硬，而且有一张盖红印的东西，恐怕是拉了他后来有事！就放他去了。有的兵士不管你三七二十一的就拉去打他的。

补充

（五）土地价值低落

海丰自有了农会之后，农民权力逐渐渐大起来，地主就骇怕得很，有的把田土拍卖后挪本钱去做生意的，有的有钱却不敢买土地，所以土地的价值一天低落一天，有的地主情愿廉值卖给佃户的，所以有土地的农民增加了不少。

补充

（六）地主不肯借钱农民

农民阶级已与地主阶级不断的斗争，地主阶级不肯将钱借与农民，每当青黄不接，或下种无钱的时候，去与地主借钱，地主皆闭门谢客。这因为（一）是恨农民，（二）是借后恐怕无效。农民在这个时候，只有忍痛等待后日多量的减租运动之一个希望。农会并宣传俟减租得到效果，就可以办农民借贷机关以安慰他们。

1926 年 1 月

花县团匪惨杀农民的经过

一

　　八月三十一日以前几天广州的报纸，都载有花县民团勾结土匪焚劫农村奸淫妇女惨杀农民的新闻。接着广州市到了一批花县的难民——农民协会的会友，纷纷向中国国民党中央党部国民政府省党部等各机关请愿，尤其是在中央党部请愿时，难民报告惨状经过不禁痛哭流涕。中央党部即令国民政府出兵前往保护，国民政府谭主席以军队未能派出以前，允许广州市郊及南海、番禺农民自卫军前往赴救。即由中央农民部秘书陈克文、省农会常务委员罗绮园两同志到总司令部领取命令，总司令部参议伍观琪出会，谓花县民团与农团械斗，双方都有勾结土匪，内容异常复杂，中央农部及省农民协会的报告未免单靠一方，有失事实，农军赴救，万难许可，但政府现在又无兵可派，只好静待设法解决。陈、罗两同志以为政府派兵既不可能，农军自救又不可得，只好让农民给民团土匪杀个净尽罢了，卒无结果。但中央农民部省农会仍努力为花县农民请命，再三催促政府。总司令部乃决定派国民革命第一军第二十师六十团第二营前往制止，并中央农民部发起一调查委员会，由中央农民部派邓良生，省党部农民部派王岳峰，省农民协会派彭湃，团务委员会派关元藏，总司令部派伍观琪组织之，并以邓良生为主席。

九月一日上午八时，彭湃同王岳峰同志到广西会馆去找邓良生关元藏伍观琪等一齐到黄沙车站去搭车，这是根据昨日之约。可是广西会馆里面的传达看我不是官界中人，懒替我们传进去，在门口等了半点钟之久，武装的护兵二人先从内面跑出来，关元藏同志、邓良生同志出来，还有三位身穿长官军服的不相识，后头跟着手执驳壳枪的四个护兵也一齐出来。关同志看见我们就说："到齐了，一齐去罢。"这三个长官，中央一个是高级长官，约五十多岁，身很长而瘦的老头子。他的脸甚小，架着不甚新式的金丝眼镜，胡子约三四分长，他身上穿的军服大概是满清时代用过的，缝在衣领上的红色布徽，因不合国民政府的时宜割去了，还留着些红毛可以认得，上衣长差不多要过膝，装着许多污秽的油腻，他的军帽好像杨刘变叛时的败兵掉下的。全身处处都表现一种衰形，绝不像个革命军人。关元藏同志介绍我见他说："这位是伍观琪先生，总部的参议。这一位是彭湃先生。"伍观琪说："彭先生闻名久了，可未曾会过面。"再由伍观琪的介绍，才知道一位是吴腾，总部的特务员；一位是魏尧劢，江村民团讲习所的教练，现在总司令部任绥靖股员，这两人都是老伍的随员。我们一齐至长堤搭电船仔到黄沙车站，由黄沙车站搭车至西村，第二十师六十团第二营营长雷德率兵由西村上车，乃一直至新街车站。我们在车上和伍观琪谈话，伍对我说："这次花县民团与农团械斗，两方面都有土匪，原因甚为复杂，两方面都应该缴械。"我说："对的，民团里面有土匪固然要惩戒，农民协会里面有土匪更要加倍惩戒。何以呢？因为农民协会是国民党所指导，国民政府所扶植的，是不应该有土匪的。可是农民协会方面总找不出有何土匪的证据出来，我这次是奉省农会的命令专来找土匪的证据。"伍说："对咯！你亲去看看就会知道。"他又接着说："彭先生在东江办农团是办得很好哩，到底做些甚么事？"我说："在东江为海丰的农民协会办得差不多许多年了，他最重要的工作为改良土地和谷物，次为发展农村教育，再次为种植小松，现在通通都收了效果。"伍说："那么才对！农团是应该这样做，我本想在我的乡村这样做的，不过自己做不来，请彭先生将来到我的乡村去指教一下吧！"我说："将来是应该去的。

汽笛响了数声，车已到了新街站，各人都下车，第二营的军队驻在新街第三区党部，伍观琪与其随员及团务委员会关元藏同志等，住在某茶居楼上，即遣人送信与花县县长。是晚在茶居晚膳，在未开膳以前，我们与伍关雷王邓等曾磋商明日怎样进行。伍观琪谓："明日军队全部先赴平山驻扎，然后由双方派出代表来调停。"彭湃谓："民团的大本营在平山，我们军队一直开去，未知有无误会，恐怕打起来怎么办呢？"伍抢着说："不要紧，我早通知了他，我可负责包无其事！"吴、魏两随员当然表示赞同。雷营长手执着一张地图说："现平山与九湖村双方是对敌，我们军到平山恐怕农团（即农民协会）误以为是帮民团，到九湖村恐怕民团误以为是帮农团，倒不如择一个中间的地点田螺湖村暂把兵驻扎，然后开一连到平山，开一连到九湖村，双方一齐弹压，派出代表解决，较为妥当。"中央农民部代表邓良生团务委员会关元藏省党部农民部代表王岳峰诸同志都赞同雷的主张。伍又说："不要紧，我们带了总司令部布告来，我们先送到平山九湖村去，断不会双方误会的，喂！把布告取出来"。随员魏尧劢君将总司令布告取出，大家围着一看：

国民革命军总司令部布告　第　　　号

为布告事，叠据报告，花县民农两团发生冲突，颇有蔓延各乡之势。现值北伐期间，后方治安最关重要，经政府明令武装团体，不得擅启纠纷，今该民团农团等竟敢抗令，互相残杀，为祸地方，殊堪痛恨。除派军队即往制止外，并由本部特派专员前赴肇事地区，认真查办，毋稍偏纵，以儆浇风而杜效尤。仰该民团农团等，一体凛遵，毋违切切此布。

　　中华民国十五年九月一日　　总司令蒋中正

　　大家都说好的，早些送去。伍观琪不敢再主张全部先开到平山去。可是我的心里觉着一点怀疑：就是这次确实劣绅土豪匪党地主利用民团，乘北伐后方空虚的时候，进攻农村的革命势力，即破坏农民协会的组织，为甚么总司令部布告说是民农两团发生冲突？明明是农民协会的会员被民团枪杀，为何说是互相冲突？并且农团这个名称，完全是民团送给农民协会及农民自卫军的，因为农民协会与农民自卫军是孙总理所扶植的，与大元帅宣言命令所保障的，故一般劣绅土豪贪官污吏不愿用农民协会及农民自卫军的名称，概呼为农团，如日本不呼中国为中华民国，而呼为支那，呼中国人为南京虫，一种藐视之表示，差不多成了惯例。所以我思疑这布告或者是根据民团的报告吧！我并自慰自己说事实总是事实，事实先生总会为无靠的农民——洗雪的！

　　少顷饭菜好了，大家都饱了一顿而散。

　　雷营长回至营部，即下令明日六时开膳，以便早点出发。雷营长是晚和邓良生与我宿在区党部的一间二楼的房子，我和他谈了三小时的话。我说："雷营长这次到花县去解决民团与农民冲突的事件，我有几句话贡献。我是农民协会的代表，我说的话你可不必尽信，你一调查便知道。并且请雷营长不可站在民团或农会的那一边说话，是要站在本党国民革命的前途，即革命的观点说话。倘民团的举动是合于革命的，有益于国民革命的，我们就拥护他。倘农民协会的举动不合于革命，有破坏革命的进行，我们是应该严办农民协会，我虽是农民协会的人，我是这样主张。不过我敢用头颅来担保花县农民协会是革

143

命的，现在是被反革命的劣绅土豪利用民团压迫得可怜不过的。明明是乡村间反革命派向革命派进攻的事实，说做民团与农团械斗——冲突！伍先生兼说民团也有土匪，农团也有土匪，这是一件多么冤枉的事呵！想必雷营长都已知道，不必我来多说的。"

雷营长："我未来时，广州报纸关于花县的新闻我已经看过，但事实怎样，仍是这次去调查才知道。至说到民团的组织，是劣绅土豪所利用包办的东西，当然是压迫农民的工具，农民协会是根据总理在日所颁布的章程，经党的指导而组织的，当然是革命的机关。我们从第一次的东征，以至于杨刘之变，二次东征以直至于北伐，都是农民来帮助才得到胜利。我们要想革命成功，是要全国的农民都起来才有保障的，我不但对于花县这问题是不偏不倚的站在革命的观点上去处理，就是我们在香山剿匪时候，香山的民团不是本身是匪，就是包庇和勾结土匪的，我绝不客气把这些民团长枪决了很多。可是过后很多人告我们六十团如何惨杀无辜，我们总是不理，连报纸上也不去声白一句，因为我们是革命的，只有站革命的观点去做事，顾不了人家的反对和咒骂的。否则革命的观点站不稳，一点事都做不通，说甚么革命呢？我当然是有把握的。"

我说："总理和廖党代表他一生的经验，就是能够用革命的眼光观察和评判一种事实，他就是把革命派团结在自己一边去反对反革命派。可是我们党里现在仍有一部分人暗地里去扩大民团的组织，去扶植民团来与总理的遗产农民协会对抗和破坏，这真可痛心！如果这样可以做，总理在日，已经老早定出商团乡团的政策了，还主张甚么工农政策呢？当日商团何等的势大，差不多陈廉伯可以做广东皇帝，加以商乡联团，势力甲于政府的军队，为甚么总理不去采用这些势力，而倒不要他，反来打倒他呢？就是我们总理与廖党代表认清他们是反革命的，只有反革命派才要这势力。所以我们可以说民团是反革命的，革命是例外；农民协会是革命的，反革命是例外！"

雷营长："彭同志，你说错了！民团是反革命的，不革命是例外，革命是没有的，农民协会是革命的，不革命是例外，反革命绝对没有的！"我说："雷营长的观察更深切了，的确是不错。"

雷营长："伍先生是何等样人，你同他很相熟的吗？我看他的样子有点怀疑。"我说："伍先生他是总司令部的参议，他在总司令部很有权柄的，他从前是民团长，是民团的先辈，现在仍做江村民团养成所的所长，平山的民团，他有许多学生在内。这个人如何，我不敢说，请你看看他的行动，便会知道详细！

"呵！怪不得他要主张军队一直到平山，并敢包无事哩！"雷营长这样说。

"……"

彼此仍谈了一些无甚相干的话，"夜已深了，我们明日要早起，睡吧！"我叫营长去休息。

二

次早四点多钟的时候，我和邓良生同志都起身了。跑到某茶居楼去见伍观琪，他也起了身，着一件黑布棉长衣，对我们说："我身体弱，早晨怕冷，非穿棉袄不可。"伍又说："我们找人送信到平山洛场九湖村和县署去好吧！"我说"好！即着人马上带去。"区党部负责某同志即找二个人来送信，一人送至平山洛场和县署，一人送去九湖村，发给工资，送信人即出发，由四时送信到平山，七时可以送到的。这信的内容是说："现在政府军队已到了，你们双方都应停战，听候解决"，并附以数张总司令部的布告。

我们等到六时才食饭，军队则已于五时用饭，七时拔队向田螺湖方面进发。我们饭后收拾行李连请轿等，至八时才出发，行不到一里，就过了横潭墟口，刚刚碰着一个穿反领洋装，坐着四人抬的藤轿，轿后绑着两枝灯笼写"花县县长李"，跟着六名游击队兵，他看见我们，就连忙下轿，快快的跑前来和伍先生见礼。我初以为是县长李思辕，经老伍的介绍，才知道是县署的总务科杜夔石。杜说："县长已经接到你的信，特派我做代表来接你。"傍边有一个土豪式的人，是跟着杜总务科长来的，他也上前对伍观琪说："恐怕你不认识了，我们从前是常常一块做事的……"大概是办民团的同志吧！以下几句话听不清楚。杜总务科长说："我几日前在……先生（听不清楚）处，已看见你的信，早知道你要带兵来。李县长以为你是昨日到，所以他昨日出来平山迎接，后在平山晚餐（查系在平山团局饮酒）了才回县。""我们一面行一面谈话罢。"伍对大家说。"前面有茶亭，我们去休息吧！"杜总务科长这样说。我们乃一面行一面听总务科长与老伍之谈话。伍问："到底如何打起来的？"杜："从前双方都有积怨，这次不过因为小小的事体，初由杨村争公枪，后已经是经公亲和解清楚，后又因为争更谷，本来亦无甚么不得了的事的。适遇有一天，杨村农民协会开成立会，县党部同县农会代表到县长处报告被民团包围，请求镇压，所以县长派几个游击队去看看。谁不知据游击队的报告，绝无其事，只看见他们农团的人，鬼头鬼脑的讲话。谁不知第二日就打起来，到底为甚么来打得这样要紧，我也不清楚！"那位土豪样子的人说："农团太无道理嘅！压迫人加入农会怎得呢？完全系农团搅来嘅！"杜又说："现在仙阁处抢好多物件堆着，牛只呀，犁咯，各种东西都有！"伍："可否派人去查呢！"杜："好难嘅，一去就打！"我问杜说："仙阁是民团的抑是农团的！"杜很小声的说："是民团方面的。"我就点点头。"民团也有，农团也有"，那位土豪

146

样的这样说。到了田美村的茶亭，我们就在茶亭休息。杜拼去左右的人，很秘密的取出县长对于各机关团体的报告给老伍看。这张报告有一句我是认的很清楚的，"民团也有土匪，农团也有土匪"，其余的我记不得这样多。杜问："这样做都对吧，不对的你可以改。"伍："无所谓的！"他又取出一人名表说："这三个是太坏了，甚么事都被他弄坏，一定要注意，是要严办的：一个是张琪，一个是张九，一个是江朗。"他说得很小声。我也很小声的问："是他们农团的人吗？"杜："是民团的才糟啊！"很小声的答。我就将这三个人记在笔记里。伍先生不说一言，面儿有多少与平时不同，大概是因为我在旁边听了这些小声的话，一方面讨厌老杜太不机警了，连彭湃在此都不知道。

　　"好咯！我们去吧！"老伍说。"我的轿好坐些，给你坐去吧！"杜说的。"可不必要，不过请你给两名游击队借我，俾得带路及临时呼唤之用。"伍对杜说的。杜答："好！"就派了两名游击队跟伍去。杜说："我回平山去了。"伍："喂，你过平山对他们说一说吧！"杜："他们知道了，昨晚县长已经说过。"伍："请李县长明日到平山来见我。"杜："好！"乃各分路而去。我们经过莲塘乡，在大树脚下休息，因为这里有农民协会之组织，农友就对我说："我们这乡被小埔乡即江侠庵的乡村，压迫得很惨！我们组织了农民协会，他更压迫的利害。李县长上任那天，江侠庵的护弁在这里抢了一个商家百余元，商家叫救，我乡一个二十多岁农民前往赴救，被江侠庵那位护弁开一左轮就倒毙在地，商家百余元白白给他抢去，赴救的人也死了，现在棺材尚停在路边，事无解决，真是可怜！"我就把这些情形告诉伍先生。伍小声的说："这乡村是很坏的，很多盗匪的，彭先生不好尽听他的话。"一个游击队也说："这乡是非常可恶的，逢人就抢，我和他很近，很知道的，倘若你一人从此经过，恐怕要抢你。"我问："你是贵乡人？"游击队说："我是小埔人，江侠庵是我的叔父，我从前是跟过他的，后由他介绍到县署去当游击队。"我问："江侠庵的人好不好？"游击队："一定是好人！"伍："你自己的人定说自己好的"。我说："真怪了！我到花县几次，常常一人经过这里可未曾被他抢过！并且他常拿茶招呼我哩"！

我们行渐渐近田螺湖了。

三

我们在此先说一说平山的情形。

平山民团局是最反动的，一向是以摧残农民运动为能事，杀王福三同志都是平山民团为祸首。他总指挥官是江侠庵，江是陈逆炯明，马育航、钟秀南等的老师。陈炯明据广东及东江的时候，也曾给海丰县长花县县长他做的。陈炯明的反革命，是受他的教诲，他的反革命，是受陈炯明的提拔！江自从陈炯明失败之后，异常懊丧！乃受了陈的委托，仍在花县专办民团，取得花县民团总团局局长的地位。此次国民政府出师北伐，吴佩孚任陈炯明为广东讨赤总司令，大本营在香港，专来扰乱后方治安，给国民政府一个打击，所以他就先从花县发难，招集了四五百土匪，合小埗，田美，李溪，象山，平山，洛场，两龙，仙阁，一带的民团共约千人，集中于平山，于八月二十七日把农民协会所在地，宝珠岗，黄麻埗等乡奸淫焚烧，抢掠一空。这次继续烧了农民协会会员的乡村十余处，耕牛财物，当然抢尽，连灶奄也毁坏，筷子也折断，遇着妇女无论老幼，都把来强奸，稍青年的把来轮奸多至六七人，奸后还再使疯麻佬去奸。并说："客家婆真好咯。"有的能跑者还能保一条半生不死的烂命，不能跑的就烧死在屋里。这些惨状，我真不能把他详细写出来，以免读者太过伤心！所以平常站在民团讲话的李县长思辕也不得不下一个手令给江侠庵。这个手令是八月三十一发的，是使人带到平山亲交江侠庵的。这手令怎样说呢？

令县团局总局长江侠庵

　　为令遵事，是日仙阁民团烧宝珠岗黄麻垎等处，并抢掠一空，查是滋事之咎，实在民团。且有匪徒在内，故贻害尤惨，殊堪痛恨。仰该总团长即行制止该处民团动作，并将肇事负责人送案究办，毋得徇庇，致干重咎，切切此令。县长李。

该县长同日，上呈政府电文，更能证实，文云："国民政府军事委员会国民革命军总司令部，南韶连警备司令部，团务委员会，广东省政府广东民政厅钧鉴：职县民农两团械斗情形，叠经飞呈在案，自陷日县长亲到象山乡、上古岭两处调解，经各绅耆具结后，一昼夜已无枪声，原可希望息事。讵本日仙阁乡民团又纠引别村民团及土匪多人围烧黄麻垎乡及宝珠岗庄，洗劫一空，农会军事部主任侯桂平屋宇，亦被烧劫。县长亲至弹压，该仙阁乡民团堵截路口，断绝交通，不得通过，并扬言为报仇起见，其目无长官，弁髦法纪，非派兵痛剿，不足以儆效尤。又该民团尤不仅焚劫上述各乡，更率队进攻上古岭，双方鏖战，直至本日亥刻，胜负未分。查自黄麻垎乡以至上古岭一带，为客民聚族而居之地，该民团等若不刻即停争，不难挑起土客恶感，则风潮将愈扩大，收拾愈难。又近据报告，西隅之黎村、官田两乡，因互争松山，复跃跃欲斗，诚恐一波未平，一波又起，全属将入混斗漩涡，更属滋蔓难除。理合呈明，万恳钧座顾念地方，迅赐派员率同军队一营下县彻查究办，实为德便，鹄候批示只遵。花县县长李思辕谨呈。"

可见八月三十一日江侠庵仍在平山指挥团匪，惨无人道的向农民进攻。他们设有机关在广州侦探政府一切消息，并与少数贪官污吏互相勾结，故更有恃而无恐。他们听见政府不能派兵来弹压，更乐得惨杀一顿。后又闻政府将准派市郊、南海农民自卫军来救，乃有些恐慌。但仍一面去瓦窑、江村一带招土匪来助战，每名平时每日二元，战时每日发三元，伤者百元不等，死者五百元；又一面使人在广州活动，以图打消农军来花县之议。及后听见农军已为政府不许他来，他们又觉得喜气扬扬，又继续攻乡抢物焚屋。及接到伍观琪先生带兵来花县的消息，他们更喜出望外，以为此回花县的农民协会一定死在他们的手里，不禁狂呼大叫，热闹一番。九月一号伍观琪带兵到新街宿营，新街的民团侦探已回平山报告（平山离新街二十余里路），同时又接到伍先生的信，更可证明伍先生已确是带兵来了。江侠庵与平山民团中队长刘志强等数人先密议，谓一不做二不休，乘这个机会把九湖村攻下来（因为九湖村为花县农民运动之发源地），因为九湖村攻了几次都攻不下，若把他攻下去，花县农会就差不多完全消灭了。江侠庵主张一攻进九湖村，只可一味杀，断不可烧，因为烧起来太不好看，乃决定明日（即二号）早拂晓进攻，由中队长刘志强领队前往。次早（即二号）早饭后集好队伍来已经是八句钟了，乃取道天和墟而直入九湖村。团匪到天和墟时，天和墟已有人为内应，即开墟门以引匪。谁不知团匪见墟内商店通通开门，摆卖货物，利心一动，皆掉了攻九湖村的目的，而纷纷以抢掠货物为大发洋财唯一之机会，足足抢了四次，由八时抢至十时，刘志强气到要死，并已知道进攻九湖村的计划不能实现，也只好督率手下搬些财物回平山去。此时商民呼天不应，呼地无门，只好眼光光任他搬抢了。

第二营雷营长率所部于九时到了田螺湖，忽然有人来报告平山民团于今日八时来抢天和墟并欲攻九湖村，雷营长得报，疑信参半，以为军队此次来到，早已通知，断无此理。少顷，又有飞报与前报同，雷营长即令第六连连长陈士元率兵一连前往赴救。

我们和老伍初到田螺湖的时候，即闻兵士说："营长与连长率一连人到九湖村去了。"

老伍："啊！为甚么不等我来才去，我们今日一定要到平山去才好！""喂，先生呀！发钱给我们回去！轿夫和挑夫这样叫。老伍说："不要嘈，今晚到平山也不定，等我吧！"

"平山民团抢天和墟，营长去救！"有的兵士这样说。

老伍的随员吴腾："那里有去，兵士都在村尾休息。"

老伍："所以农民的话是不能听的，一个说这样，那个说那样，是办不了的。"又来了一个农民："刚才有天和墟人来报告平山民团抢劫，兼打九湖村，雷营长已派有军队去救。"

伍："无这件事，你们不要乱讲！"

农友："雷营长还在村尾，你们到那边吧！"

"哪哪！营长都在，所以你们的说话好难信！"伍先生好讨厌的样子这样说。

"好了，我们过去找营长问一问。"关元藏说的。

我们到了村尾，营长对我们说："刚才天和市有人来报告民团抢劫，我已派第六连去看看。"

老伍坐在一张椅子上形色很不好，摇头皱眉的想着。

"这里到平山有多远，彭先生知道吗？"伍问我。我答："闻不过七八里"。伍："我们现在和关先生到平山去去好吧，邓先生或者留在此；老魏也好。"我："等下儿看看消息如何才定夺吧！"外面门口农友围看我们的很多，有的偷偷的说：这是伍观琪！（旧名伍冠球）是民团请他来的！他是番禺的民团长哩！一个较为精醒的农民就叫："门口围着的人散开吧！"

151

陈连长抵天和墟，团匪正在搬货抢物，登时捕匪三名，余匪见军队至即退至乌石岗（平山民团之第一防线），军队赶出天和墟口（离乌石岗约半里），则见团匪三百余人鸣锣冲锋前来，开了一排枪，军队占据了墟口之两个小山抵御。当时团匪复有数百人四面登山包围，大呼"打倒革命军"。陈连长以势力单薄，急遣兵士至田螺湖报告雷营长，其报告如下：

报告　上午十一时于九湖村
　　一，职连已于十一时到九湖村，沿途见民团四面登山包围农民。
　　二，本日民团将天和墟抢劫一空，职连到村，尚有民团搬运抢物。
　　三，职见农友商民均言之泣下，即率全连到该墟围捕，捉匪三名儆众。
　　四，现双方戒备甚严，职连一去，民团必即前来攻击农军，众寡悬殊又免下了一番惨杀。
　　营长雷钧鉴。第六连长陈士元九月二日十一时发。

雷营长接报，即交伍观琪一看，一面吹哨集队往援。老伍看了报告，周身大不自在说："误会吧！那有这回事！"少顷又有一个兵士从天和墟跑来，流了一身大汗，急急迫促的报告营长："敌人向我们冲锋，他并四面登山欲将我们包围，请营长赴救，完了。"

雷营长集队赴援更急了，老伍仓惶无措，制止也不好，跟着去也不好，只说："为甚么这样误会呢？邓良生同志对老伍说："你说不要紧，包无打，为甚么连革命军都打起来了！"老伍："定必是误会，我们去看看吧！"

喇叭声响了！兵士忙迫迫的排队由两个农友带路一直到天和墟去。距离天和墟五六百步，第六连长陈士元亲来报告营长，说："真是岂有此理！他们打锣，两百多人就开枪冲过来，好在我们抵当得住，他们有许多土炮，轰！轰！打了很多，我们不开一枪的伏住，倘他冲过来，我们只有上起刺刀，把他杀一顿，或者用手榴弹！呵！你听！他们还是卜！卜！卜！的挑战！"营长："静静听！呀！无错，还有土大炮声听见。"六连长："他在那边摇手叫我去战呀，他说：'来！来！打衰你的革命军！'你看多么凶狠！"营长："我到天和市去看看。"我再特别去注意伍先生的神色如何？请读者猜一猜！

军队入天和墟门，商家燃串炮，高呼"革命军万岁！"许多商民都来报告惨状，这一句那一句，千声万语，听都听不清楚。看他门的形状，又悲又喜！伍先生吴腾魏尧劢与六个卫兵，和我们一大堆皮荚藤箱坐在一块！半声不响！他讨厌这些商民的叫号，比我们讨厌团匪还厉害！我和雷营长差不多逐间商店都看了，全墟抢了四次，一个商民把二百多元放在井中，也被捞去了。一家积有几十块钱，放在地下，也被掘去了。门窗户扇都破坏不堪，商店里的妇人家都哭起来，确实抢得悲惨，小商民受此大劫，确实很可怜！雷营长很悲愤的说："非打不可！"雷营长把营部扎在墟的社学，邓、王和我等也在营部。雷营长叫人请伍先生来，伍和关魏吴等都来了。

邓代表良生说："我们从广州来的时候，还不知道那边是匪，今天和墟的事实已经证明了。他们不但惨杀革命的农友，还来抢劫商民，更开枪以抗革命军，并呼'打衰革命军！'此等反革命罪大恶极的民团土匪，非乘其未散时痛为剿灭不可！"

伍先生手弄着一枝皮制的马鞭，俯着首若别有所想！

雷营长说："革命军人的天职，是保障民众的利益，为民众除害。我军时常剿匪，总恨不见着一个匪，今日这些匪是摆在们的眼前，并摇手请我们革命军去打他，他就可以打倒革命军，那么我们非乘机进剿不可。现在中央农民部，省农民部，总司令部，团务委员会，省农民协会的代表，通通在此，应当负起责任来想个办法。我这次来，师长团长都对我面谕，无论何方不服制止，则以武力从事，今民团目无政府，如此猖獗，不但民众受害，北伐后方将何以堪！应请诸位注意"！

中央农民部邓代表："应正式开会，以定应付之方，诸位以为如何！伍先生更有何意见？"

伍先生把头动一动，想了好久好久才说："……不好打，也不用开会！等李县长来才有把握。"

邓："他不来怎么办！他如有把握，可不弄成偌大惨案发生！无用的东西，等他做甚！"

伍："不是，我已经有信通知他，他一定会来的。"

在傍围着听着我们谈话的兵士们，咬着牙，眼光射着老伍！团务委员会的代表，省党部的代表都有发表意见，大概仍是主张"打"的占多数，可是老伍总是反对！

我说："那就算了！现在就是要打，时间也不够了，明日才打算吧！"大家乃散。可是外面的兵士都鼓噪说："先打倒这胡子就无事！就是胡子作怪！"

我和邓良生到墟门两个小山去望望地势如何，老伍魏吴等也来了，雷营长也来了，关元藏也来了，大家一同到前面的山上看地形。雷营长用望远镜一照："前面一个小乡有一个炮楼的是甚么地方？""是乌石冈"。"在乌石冈的炮楼边的树林下，还有几十人托着枪跑来跑去，炮楼上也有人出出没没。""这是敌人的第一防线！""再过去很大的乡村炮楼很多，是甚么地方？""是洛场村敌人的第二防线。""再过去的是不是平山？""是！"

伍先生借过雷营长的望远镜一照："呀！果然有很多人在那边哩！"

吴腾说："你看今日田里没有人做工，静休休哩！"

伍先生对我说："呀！我早不知道是这样的形势！差不多相叫可以听得见，左边分一路，右边分一路，中央一路，形势甚好打！我早知道是这样，那有不主张打的道理！所以天下的事，是要自己亲眼看过才有把握哩！"他挪表一看："太阳虽然未下，可是要六句钟了，打也不及了！"

"明天打还不迟！"不知道是谁叫的。

"胡子奸狡极了！"也不知道是谁说的，隐隐的声浪从我的耳边穿过。

我答："是的！这也是误会之一！"我用映相机替伍先生照个相，大家才回去天和墟晚餐。

伍先生和他的随员护弁住在一间被人抢空空的商店，我和邓王诸同志住在别个地方。

伍先生今晚确实郁郁不乐，坐在长椅上长思短叹。有顷，就叫一个商家来问话。伍："喂！今日的情形怎样？"商家："惨咯！今早一开铺门就抢，来来往往抢了四次，到军队来的时候才跑去。"

伍："军队来的时候，军队看见他们在此抢否？""那我就不知道，不过听见军队来的时候，仍捕得三人，听说这三人是把自己的牛牵到洛场村的民团方面去，因为他的亲戚是在洛场。"

伍："好了！你们退去。"

伍："是不是呢？这是不是误会呢！牵牛跑的好人以为是匪把他捕回来，在捕的时候军队一定是先开枪无疑，所以民团以为是军队开枪打他，怪不得他来打军队。所以一件小小的事，就误会的很利害哩！"

吴腾魏尧劢都赞道："是，有道理！"

伍："关先生你以为对吧？"

关："这件事是要考虑一下吧，还要找双方来一问才明白，不过你说也像有些道理！"

伍："请邓先生来吧。"

邓先生来了。伍又把这些事告知邓。邓如何答复他，我忘记了。

四

次早（三号）八点钟的时候，老伍就叫护弁来请我去坐。

伍把昨晚调查所得很喜欢的告诉我，末尾句说："所以这回打起来误会不少！"

我说："伍先生你的调查和判断未免太简单，我昨晚也为着这件事去调查一番。我把一个结论告诉你：第一点，民团抢天和墟四次，经过三四小时之久，墟内没有人做内应是不成的，据墟人说：这三人是开墟门并侦探九湖村农军的动作的；第二点，这三人是本墟的人，受其亲戚民团长的利用，对于国民党及农会是时常造谣破坏的，姑不论他所牵的牛是自己或别人的，断没有跟匪一齐跑的，古今天下只有牵自己的牛去避匪，断没有牵自己的牛去就匪，并和匪一齐跑埋。倘如先生所说岂不是千古奇闻吗？再有一点假使牛确是他自己的，但他是通匪入天和墟的内应者，人家的东西通通被匪拾尽了，为何他们三人的牛没有被抢呢？必行引起人家的可疑，他们乃将牛牵过匪那边去，也可说我的牛被匪劫去了，以避嫌疑。总括一句，这三人就是匪，我们不可把一切归诸误会去抹煞！"

老伍听了这几句话，就再不敢提出这问题来为民团作辩护了。

八时半早飨后，中央农民部代表邓良生，主张今日无论如何应正式开一会议，谁不参加，便随他的意。初伍先生是主张不出席的，后来雷营长去同他一块来，他乃来。遂在营部开会，公推邓代表为主席，各连长，政治指导员及老伍的随员也到席。邓恭读总理遗嘱后，即宣布开会理由。再请大家发表意见。团务委员会，省党部农民部及省农民协会的代表，雷营长及该营政治指导员都有发表意见，大意与昨晚的论调同。可是伍先生说："我今早天亮的时候，已派人送信至平山洛场，叫他们快些收队，倘不收队，军队一到，就不同你客气的，这封信内容是这样讲，相信他一定是不敢抗我们的，我们从容到平山去都不要紧。至于各位所发表的意见我承认是对的"。末了由邓主席提出决议案。决议文大意："此次民团勾结土匪，焚杀农村，抢掠商民，打革命军，摇动北伐后方，反革命罪恶昭彰，应以武力扑灭，而巩固革命的基础。"

伍看了摇摇头说："应该须加两个意思：（一）先解除乌石冈民团土匪武装；（二）如有助匪反对政府的，由雷营长相机进剿。"

伍观琪以为乌石冈不过是民团的第一防线，里面枪是甚少，所以主张解除乌石冈武装，其余如洛场村、平山墟他早已有信通知他，断不至有开枪情事，那么这个限制就可以保全洛场平山的团匪，不至受政府的打击。可是大家也都没有反对，遂通过这个议案，由各人签名，始散会。

雷营长乃集队开赴平山。伍是要把军队弄过平山，急如风火。因为伍老早是对民团说过，军队是他带来的，要维持下他的信用和面子，否则未免对江侠庵先生不住；平山民团底下许多是他的学生，都要说伍先生车大炮了。

伍先生昨日已通信叫了一位不知什么乡的民团长——也是他的学生吧——名叫刘志斋到来天和墟与伍会面，与伍"鼠话"甚久，我们偕军队出发时，他仍是与伍先生一齐跟著跑。（这个刘志斋，后来听天和墟的商民说昨日抢劫天和墟，他是带队中之一人）。

大约九点钟的时候，军队向乌石冈进发。果然行不到半里，乌石冈的炮楼叫做江子庄，竟先向我们军队开枪，尤其是伍先生和我们一齐跑的一堆人，子弹特别多的从身边经过。伍先生惊起来也伏在地下，前面的兵士亦开枪还击。匪退至第二防线即洛场村，尚有一部分退入江子庄的炮楼，遂将江子庄包围。敌方只弹如雨点飞来，伍先生和吴、魏皆伏在一条小沟内，前面上有树木遮着，可是子弹仍不客气的从伍先生耳边掠过！我看伍先生伏在小沟里很觉寂寞，就跑近他，把小沟里做谈话处！我问："伍先生你会惊吗？你看这些子弹是从洛场村飞来的！啊！啊！子弹又来！你今早岂不是已经写信叫他快些收队吗？为甚么这样不听指挥？！太不给伍先生一点面子；这一回恐怕不至误会吧！"

雷营长叫："伍先生你那边背面仍照着炮楼，不好在那边，请来这里靠近围墙处！"我们就跑到围墙边去。这个时候左右翼枪声隆隆如串炮。中路的兵士勇猛的攻江子庄的炮楼。初则叫炮楼门的匪缴枪放其出楼，他不应，仍用驳亮打出来，兵士乃爬上炮楼小窗用手榴弹炸入，匪已上了最高一层。乃用火从窗口塞入，彼则用水淹息，该匪又使楼内女人到楼上之天台打锣鸣救，并放声大哭！众人乃多方劝他下楼开门，他仍不应，我们复叫他将枪悉数缴出来。他竟将一把坏枪从窗内掉出来，是未曾烧过的，我们要求他将烧了的悉数交出，他仍不肯。我们主张要烧炮楼，她们才下来开门，大约有五六个女人，里面藏着五个土匪，女子自然是无事放她出去，五个土匪就绑起来。再从炮楼上搜出驳壳左轮马枪十余杆。再叫女人把炮楼内的东西搬下来，然后将炮楼焚毁。当时军队的纪律是很好的。

方才打得很激烈的时候，县长李思辕坐著四人大轿，及前后十余名带著长短枪的游击队，吹起喇叭，向着我军右翼迎头而来。兵士以为是敌人，就开枪迎击。李县长忙得跳下轿来，伏在地上，兵士向前质问，他们乃说是县长。兵士喝道："来为什么不先通报，真该死！快些缴枪，然后带你去见营长！"李县长伏在地上说："好！好！好！"于是兵士乃带他到营长处来。

李县长差不多惊得魂飞魄散，手足震动，一路跑一路跌下去，好多兵士都笑起来。

李县长见了伍先生，忙来握手道歉，并叹了一顿气："我已经和他们说得很清楚，为甚么误会得咁凄凉呢？"老伍差不多有口说不出话来！也叹了几口气！

我就走前去和县长见面。我说："昨天在田美茶亭，看见贵署杜总务科长，交给伍先生看的报告书，内面有一句话说：'民团有土匪，农团也有土匪'。革命军现在是打倒民团的土匪；农民协会如有土匪，可不用革命军出气力，省农民协会是会打的；请你指出匪名和证据来，等我们打给你看！"李县长说："没有这回事，农团里是没有土匪，我的报告不是这样说罢！""好的！明天请你带来看一看吧！农民受人冤枉不少了！"

红日将衔山，左右翼的炮声，仍隆隆不绝。少顷兵士抬著被伤的李班长来见营长，营长叫好好的招呼他，抬他回天和墟去。时下午五时，营长下令收队，明天再打算！

李县长向营长领回游击队被缴的枪，吹著喇叭去了。我们和伍先生跟著军队回天和墟，左翼敌人仍开机关枪"谷！谷！谷！"

大家回到天和墟晚飧，老伍派魏尧劢，营部派政治指导员及邓良生，关元藏等会同去审犯人，我也参与。匪犯江皆等告诉敌人的状况很详细，给我们很多的材料。

同时雷营长是晚有封报告送回广州，其原文如下：

报告　九月三日午后一时于花县天和墟

一、职营于一日到新街宿营，本晚由总部伍参议写信通知县长及民农两方，并张贴总部布告。二日上午九时到达田螺湖，当时得到农民报告天和墟有民团土匪抢杀焚奸，职即派第六连连长陈士元率所部前往制止。讵料该匪凶恶已极，军队到达时，仍然抢掠，陈连长不得已拿获抢运财物匪徒三名以儆众。该匪徒竟敢开枪向我军射击，我军乃占领阵地以防不测。该匪以我军人少，鸣锣聚众向我军猛烈射击冲锋，经我军迎颈痛击，乃退往乌石冈、洛场、平山等处。职闻报后，即率全营（缺一连）同伍参议与各团体代表到天和墟会同解决，一面令警戒部队不可还枪，计匪枪声直到黄昏始息。

二、东日上午九时，职与各团体五位代表及伍参议会议，讨论解决办法，议决案主要两条：1.先解除乌石冈民团土匪武装；2.遇有帮匪反对政府的，由雷营长相机进剿。

三、职营根据议决案，于上午十时三十分，会同伍参议与各团体代表，向乌石冈前进。到达时，匪徒不见，乃继续向洛场前进，及将近江子庄时，忽闻锣声四起，村庄内外炮楼山岭向我军射击。职即令第四连向右翼开阔地抵御，第五连占领洛场村，第六连向左翼山攻击占领。职亲率手榴弹排及第四连之一班，占领洛场村外之江子村，并攻破炮楼，以资指挥。职营此次中匪诡计，剧战七时，幸将士皆愿为革命牺牲，奋勇杀贼，乃将多数匪徒击溃，到午后六时乃收队回天和墟宿营。

四、阵伤第五连班长梁勤伯一名，伤腰部甚剧，业经已派员送省医治；第六连兵士吴玉标一名，伤手部颇轻，是役拿获匪徒九名。

五、职以此种情况，不可谓民农团纠纷，实是民团勾结土匪，扰乱后方，非消灭不可。

（完了）

　谨呈

团长李

师长钱

　　　　　　　　　　　　　　　　　　　　　雷德

是晚伍先生也用了一会精神，想想明天包庇团匪的出路！

五

　　四号早六点钟的时候，伍先生已起床，即派人到雷营长处请借用一个犯人江仕（即民团重要分子，与伍先生很知己的，此犯当场被捕时，仍手执马枪，此犯后为伍观琪私放了）。给他带路到平山去。雷营长答道："借去是可以的，但是要交回来。"伍先生答："是与你借的不是放他去的"。江仕放出来很喜欢，并很骄傲的说："伍先生！到平山去包无事。"伍说："此间不好多说！"

　　伍先生留魏在天和墟，他和吴腾与六个护兵一直至平山去。当伍到平山时，路过洛场村，恐民团误会阻挡，即先派犯人江仕前去通知说：伍先生是我们自己人，不要误会，乃得通过。伍先生并很恭敬的对洛场民团道歉，叫他们收队散去别乡。及到了平山，民团土匪数百人，仍主战，伍先生也先派江仕前去通知。伍先生乃进驻平山民团局，对江杰臣（民团董）等（闻江侠庵也在平山）大骂其政策之错误："打农团不要紧，至多不过是双方械斗双方处罚。我老早对你们说过，现在你们绝不听我的话，竟把革命军打起来。因为你们一下儿的错误，而使农团理直气壮，连我亦百词莫能辩护。你们应该听我的主张，把所有民团潜落别乡以保全实力，等我通信使军队进来，那时一方面可以顾全实力，一方面我仍有余地替你们说话，千万不好再有反抗以上人家的当了！"民团诸首领甚以为然，乃命分散两龙墟，铁山，平山墟，小垴村等处去了。老伍即派人送信给雷营长，叫军队进平山。

雷营长率队先到洛场，先将敌人开枪之武装炮楼一个一个放火焚烧之，烧了十几个。有一个炮楼很坚固，里面仍有匪甚多，放枪鸣锣，并且用大石投下，兵士因此无法进去，乃舍去不攻。这时候魏尧劻是老伍派来监视军队之举动，可是军队纪律甚好，农民亦有纠察队巡逻，老魏无隙可寻。

雷营长乃集队赴平山，中途遇著伍先生的随员送一函来，军队乃直趋平山。

雷营长四围放了步哨戒严，始入均和局（即民团局）。该局闻军队到，早已将一切重要文件搬去或烧了。我们和雷营长去见伍先生，伍先生方才和团董江杰臣等叙话。

雷营长说："时间不多了，我们可开一会议解决此案。"伍先生说："好！民团方面的代表也可以参加。"乃宣布开会，魏尧劻提议议推雷营长为主席，众人一致附和。

雷营长宣读总理遗嘱后，即请大家发表意见。邓良生，王岳峰，彭湃等的意见差不多相同，大旨："……民团既已反抗政府，打革命军，纯为反革命派，本应积极痛剿，倘使民团能够接受解决条件，未常不可和平处理。第一步是要民团先表示服从政府，那么政府犹依一般人民来保护他，然后讨论第二步之善后办法。但是第一步服从政府绝非口头，必在事实上表示出来，那么，民团应该先把枪械通通交出来，然后才言其他。"众皆赞成，惟伍先生有点异议，就是说："这种办法是很有道理，不过过激一点，应该考虑一下。我们应依照昨天的决议：有开枪打我们的才应缴枪。"邓良生说："洛场与平山的民团是一个组织，这次打，不但洛场有参加，少埔，平山，两龙，象山，李溪都有参加，断难指定单单是洛场一村。"雷营长提议："根据开枪打我们的可否交我去调查？"伍先生也赞成，众也无异议，乃散会。

红日将没，雷营长即令军队开过天和墟。

是晚据探：象山乡有民团土匪抢象山乡会，我们乃修函送给伍先生，大意：一谓须由民团负责保障以后再没有抢劫举动，否则绝无和议之可言；二缴枪是否愿意，须于明日十二时以前答覆。

六

次早（五日），等到十一时，伍先生关先生魏尧劢等才到天和墟，众人都来听伍先生的答覆了。

外边很噪杂的声音嚷著："胡子又来了！不知弄些什么玄虚，捣些什么鬼！"

伍说："缴枪他们是答应的，可是数目的问题。倘若平山民团局的枪枝据说有九十枝，他至多能够交出六成——五十余枝——样子，因为缴是很困难的，他们散在各处是不容易的。你们没有在乡间办过事，就不知道。实在不比缴军队的那样快！"

我说："唯民团的枪易缴，因为他们是有身家性命，跑不了，如他们负责的人一根究，不在二三点钟，通通可以交来的，比军队更要容易"。

雷营长说："打我们的敌人就不止九十枝枪；若果是九十枝枪，老早把问题解决了。现在据我们调查，洛场、平山、两龙一带都有开枪，所以现在让步到九十枝为至低限度，再少是不能的！我是一个革命军人，断不愿与反革命者让步！"汪党代表说："对反革命派仁慈，就是对革命同志残忍！总理及廖党代表所教训我们者，是要我们站在革命的观念上，不顾利害与情面的！革命军人只有为民众的利益牺牲，是不怕死的。如他们不愿缴枪，即不服从政府这种反革命派，非用武力进剿不可！"

伍先生说："雷营长这种革命的精神，确实可佩服，兄弟也曾做过军人，不过这次缴枪的问题，在事实上做不到，应该给他一点通融。"

邓良生说："反革命怎样给他通融？"

关元藏说："枪枝数目是不能通融，但时间上给他一个通融，限定今晚交四十枝，明日上午十二时前交五十枝，好吧？"

大家都说好，伍先生说："我回去平山对他们说吧！彭先生一块去罢！"

我说："我本来今早是想去的，以后你们来了就没有去。"

魏尧励说："彭先生，邓先生我们去各乡调查焚劫的情形怎么样，然后和我一齐到平山好吧？"

邓良生因为有事不能去，我就和王岳峰及县党部常务委员刘伯强及几个农友一齐出发。伍对魏说："给个护弁跟你！"老伍就与关元藏等先到平山去，我和魏等就到元田村等处去调查。我一路和魏谈了很多话，我问："你是不是赞成革命的人？"

"我当然是愿意的"魏答。

"革命是要站在大多数人的利益去奋斗的，

你是不是这样做？"我又问他；

"请彭先生指教！"魏说；

"民团是少数地主劣绅土豪巩固他私人的利益来压迫大多数贫苦农民的，我们要革命，就要主张大多数人的利益，所以就要帮助农民去反对劣绅土豪大地主的压迫。退一步不讲革命，来讲天理良心也应该这样做！"我向他说；魏说："是的，多得你的开导，我从前以为民团是为保护地方治安的，所以我为民团帮忙不少，不过很不知道是少数劣绅土豪鱼肉农民之工具。就是花县这件事，我总是很怀疑，伍先生天天说民团好，农团坏，但是今日从良心上看来，农团确实听政府的命令，但民团就不然了。伍先生早已有信通知他们，但是他们总不听话。伍先生时时为民团说好话，我是他培养出来的人，亦不好去反对他。他昨晚在平山对民团方面说的话更是可怪。我对你讲之后，你不必去质问伍先生。伍先生昨晚在平山对着民团那些人说："我们到此处来解决这问题，你们（指民团人）要知道我的苦衷。因为我本可以不来的，但是我不来，另叫一个合他们（指彭湃等）的口味的来，那你们就更加受灾，你们的祸更大！但是我来的目的，以为对此事是双方（民团农会）都要惩办的。岂知到了现在，只有发见你们方面的错误，就是你们去抢天和墟，并且在乌石冈向军队开枪。当时大家的主意都是要打你们的，但我当时不知是乌石冈，以为是洛场，故我当时一想，以为一打洛场，你们的损害更大，故当时我极力制止他们打。并且即刻写一封信通知你们，并且和各代表抗争甚烈，后来山上一看，才知道是乌石冈不是洛场。故到了第二天开会的时候，我们主张缴乌石冈的械，他们有几个代表，我不过是代表之一，故我争不过他们。我以为军队到洛场，你们一定能依照我的计划不至开枪的。于是军队出发到了乌石冈，一个人都未有，我心更安乐了。岂知在乌石冈东边有炮响，军队就开枪过去，双方误会就开了一二响枪，以致将到洛场，你们就误会亦开枪。这种误会我是知道的，因为乡人以为军队进攻，若有一二个人先开了枪，就无法制止的。但是他们不和你们这样多说，你们开枪打军队就是反革命，抵抗政府，我虽明白亦无法代辩。其后烧江子庄时，因为他们不肯开炮楼门，但是你们的

'误会'更大，四处鸣锣，枪声更多，当时真令我毫无法子，烦闷到极了。到了第二天（即今天）我无法可想，连饭都食不下了！带同吴先生亲自先行到洛场、平山，当时拿枪的尚很多，我一路叫他们暂散去别乡，把实力保存起来，故此今天才未有打，不然则今日仍是有打的。但昨晚决定先烧开枪的炮楼，我以为军队到了平山才烧的，岂知军队到了洛场就烧，并且烧了好几座，这亦是无法制止的。你们不可以为军队野蛮，这样军队已经算好的，照我看总不能算是第三等以下的军队。故现在你们的损失虽不少，但以我看还算是少的了，你们要知道你们的祸害，如非有我则更不止如此。盖在省时他们农会在中央党部请愿，经政务会议通过，要解散花县的民团，令总司令部执行。若非有我在总司令部任要职，则总司令一定执行，一下命令要解散民团，试问你们遵否？幸由我将此事检下。第二件：就是农会派南海农军三百名到花县，并由政务会议的主席谭延闿许可，又有甘乃光的信叫总司令部下手令，由省农民部的罗绮园及中央农民部的陈某（克文）来见参谋长，幸我在总司令部，由我去接见。我是无论如何不肯答应，他们把我骂到'契弟咁头'，后来他们出来时我送他们，他亦不理！试问我为你们受尽多少气！你知道这班人算是至恶的（即指谭、甘等）他允许了三百农军来，你们的损害如何？第三件：就是方才所说军队开到天和墟，就要打乌石冈洛场，如非我制止，试问我们的损害又如何？故我们现在烧了几间炮楼，缴些枪还算是不幸中之幸！你们以为我带军队来未有帮助你们，但其实已帮助你们不少了！"江杰臣说："伍先生帮助我们，我们是知道的，先生一向都是帮助我们反对农团（农民协会）的人，但是缴枪恐怕很难做到，可否以罚款而不缴枪呢？"伍先生回答说："呀！呀！你千祈不可如此说，现在我们在此地你这样说是不要紧！若是对他们说，他们一定要你们缴枪之外还要罚款呀！现在已经弄到这一个地步，我们总要吃亏一点罢了！不过他们要你缴九十枝枪我是不主张的，并且乡下人缴枪是很困难的，但是数目与时间我可以向他们说一说，大约是缴少些，与时间长些，请你（江杰臣）向他们（指民团）说'看看能够办得到否。如果你们再不能从我的话，一定是失败的，我只有走，随你们怎样弄都好！'那时江杰臣等不语只有摇头。伍先生这些话你觉着怎样呢？（魏自称）以为是不应该讲的！"

洧："伍先生是国民政府的官，说这些话是有失辱着政府的，当然是很不对。不过当时除了民团的人，还有甚么人当场？"魏："不过我和吴腾、关元藏与总务科长几位都在，旁的没有甚么人。"

魏实在是觉悟了，他把伍观琪包庇民团土匪的事实一点一滴披露出来。我们到了元田村看被焚被劫的屋宇，实在是荒凉可叹，魏是很殷勤的将损失情形一点一点记起来，被难的农友农妇看见我们来异常恳切，他们衣服破烂，面有菜色，向来受尽地主重租之压迫，已是生活困苦万分，求死不得，更加以此等灾祸，痛苦之极，不得言喻。一位农妇指着一个一重皮包着骨，面孔青黄的小孩子对我说："这个小孩子将近二三天没有饭食，乞都无得乞！你看，只剩张肚皮绉着！"

过来有一间烧去了一半的房子，内边地上卧着一对老夫妇，她的老男人侧着半身煮药，见我们来说道："我俩老公婆，避也不会避，跑也不会跑，那民团土匪把我俩老惊坏了，两人都病了……等死！"很悲哀的说着，我们又过了一个乡村。

这个时候我因为几天以来没有睡着眼，今天早晨因不够饭，食不饱，满身疲倦万分，乃先回天和墟。魏尧劢拉着我的手说："你岂不是和伍先生约了要和我一块到平山吗？你无论如何不好回去，待一块儿到平山"。我说："无论如何不能去，请你和我对伍先生道歉。"我就回天和墟，魏见我回来就和一个护弁向平山去。

下午五句钟的时候，第二营兵士步哨回来报告营长，谓洛场方面

167

响了数十枪，未知是何事故。过了三十分钟吧！魏尧劢的护兵很狼狈的跑到营部来，他脚绑也掉了，驳壳枪也掉了，帽子也掉了，只存身上围著的子弹，我们急问他为着何事。护兵说："魏……魏……魏……"呼吸十分急迫，话也说不成。过了一回儿才说："魏先生被民团打死了！"我们吓了一跳，问他："在什么地方！"

护兵说："在洛场！"

雷营长说："罢了！集队去救他回来！"

"这个真是误会咧！民团自己打自己！"

"伍观琪害死魏尧劢一条命！"

"这回伍胡子也要说是误会吧！"

"为民团说话的人倒为民团打死，真该死！"

"老魏还不至老伍那样坏，打死老伍就好看得多了！"

"老魏是跟着老伍来包庇民团的罪恶！可是包庇不了！"

"这是民团和魏尧劢双方械斗吧！民团勾结土匪，魏尧劢也恐怕有勾结土匪，请伍观琪来双方严办！"

"倘不会死，要问他到平山去好，抑抬来天和墟好？"

兵士群众们，农民群众们，商民群众们，男的、女的、老的、少的，混成一大堆。议论纷纷形同闹市我能听清楚的就是以上几句话。

"不要多说了！无论如何他是国民政府的官员，我们赶快去救他罢！"一个好像农会的职员的农友，手拿著一块床板这样叫着。"还有棉被呢！绳子呢？快些拿来！"又这样叫著。

兵士和农友都很奋勇的一直冲至敌人的第一防线乌石冈前，把魏尧劢抬回天和墟来。这个时候魏仍会说话。

原来他回平山时经过洛场村，被三十几个民团围著，民团喝令缴枪，魏就叫护弁交把他。魏接著就说："我是和伍观琪先生一齐来帮助你们的，不要误会！"民团说："谁同你误会！""轰！轰！轰！"一个驳壳子弹穿入魏尧劢的肚儿，魏忙急一转身向著天和墟革命的安全地带跑！背后的反革命的枪声仍接著追来，于是魏的脚上复中一弹。但是魏已经逃脱乌石冈民团的第一防线，已接近着革命军的步哨，魏乃安然睡在地下，并一面叫救。他的护弁幸未受伤，如飞的奔回来！这是魏尧劢和他的护弁的报告。

魏自觉这一次无命可活了。乃拉著彭湃的手叫道："彭同志，请你代我记下！"

魏尧劢同志遗嘱

九月五日午后八时卅分在天和墟

社学右廊，护兵黎仰贤在旁

彭先生，我现在好苦，恐怕不能再生！我有几句话付托，请你为我记起。

我为社会做事，到今日我的良心上才觉得好安乐，我在洛场受伤身中两枪，给我一个最后的警告，我现在才觉悟到，因我太过相信民团，至有今日的日子！

伍先生是好人，今日伍先生不在此，请你对他说，要将我作一个前车之鉴，我今日或者不能再同伍先生相见面了！我受伍先生知遇，虽不能图报，亦当感戴于地下；我今已矣，伍先生当能为我伸雪。

请彭先生通知我家庭不必伤心，我家长和我妻应本我之意思为社会做事。我无儿女，我二哥有一子聪明可以栽成，但二哥不能教育之，惟有盼望大哥切实教育，使他将来为社会人群努力，我本应尽力帮助他，但今日事既如此，已属无可奈何！

我父母生三个儿子，二哥精神不好，我也如此了，我想起来异常伤心！彭先生，我们以前虽不相识，但你为社会努力，久为我所钦仰，你所讲的话很对的，到了今日我更相信。彭先生，社会受你福利不少了，请你更加努力奋斗！我现在好苦，不能多讲了。

七

伍观琪与关元藏先生回到平山后，民团意欲食言，一枪不缴并要准备作战。下午五句钟时，伍观琪听见洛场方面发生枪声，自己也有一点顾虑，乃对关元藏同志说："我要到县城去，并回广州，你呢？"关元藏说："你既要回县城，我就回天和墟罢。"佬伍就和吴腾及五个护弁（一个已跟老魏去）到县城去。关也起程回天和墟，路经过洛场，民团就把他促住，"轰！"的一声，左轮弹从关的肚边飞过。关连忙说："我是和伍观琪一齐来的。"民团说："既是伍观琪的人，将他打靶罢！"于是将关身上的钱和什物搜去，叫关面向南。关一想，只有提江侠庵，或者有万一的侥幸。关又说："我是江侠庵叫到此来的，因为方才听见枪声，恐怕军队又来打，叫我劝止。哪！江先生名片在此！"民团说："你应早些开声才对呵！好了——我派二人送你前去！"关元藏差不多走近乌石冈，就叫那护送的民团回去，就一直跑来天和墟，说起此事，大家就大笑："江侠庵名片救了老关一条命！"

原来关在平山民团局时，无意的把江侠庵的片子拾起两张放在袋里，想不到有这样大用，这是关的机警过人处。

魏尧劢见了关元藏回来，知道伍观琪已到县城去，就问关道："伍先生去时有信给我否？"关说："没有！"魏忍着痛很发气的说："你（指伍）约我和彭先生要回平山去，这回我不在洛场受伤，到了平山也是死的！——你要去县城应早些通知我哩！这不是白白去送死吗！？……请彭先生马上和我写一封信送给伍先生！"我就马上写信到县城通知伍观琪等，是夜总无复信。

是晚雷营长有报告送去广州，其原文如下：

报告　　九月五日午后九时于花县天和墟

1. 花县民团总局长江侠庵，受陈炯明运动，现平山、铁山，聚集民团土匪约七八百人，象山土匪民团约二百余人，并联络高塘、江村等处民团约千余人。将谋对抗职营，侵犯粤汉路，以扰乱北伐后方。

2. 昨（四）今（五）两日，职营因得后方探报，故未深入攻击。

3. 总部委员魏尧劢，于今日午后五时在洛场途中被民团轰击两枪，甚重！并缴去驳壳一枝，伍参议已由平山往县城矣。职与各团体代表观察，伍参议言论行动，确有包庇民团，为反革命派所利用；此人不可深信而误大事。

4. 是否决心消灭该逆，恳即颁明令祗遵！如能另派一营兵力，由新街向县城方面夹攻更妙。

谨呈

团长李

营长雷德

（此报告诚恐中途被匪截获，故抄两份分送。）

伍在县城与县长李思辕，不知嗟商甚么，及接到彭湃的信，知魏遇害，就着惊起来了！

伍的着惊，并不是为着老魏的生命，是恐怕明日天和墟的革命军去打平山洛场的团匪，并恐怕平山的民团土匪不够革命军抵御，乃嘱随员将皮手包里的总司令部命令笺（已盖好总司令印的空白笺）写道：

第八号

令营长雷德

仰该营长率队仍驻天和墟

静候命令不可径自动作为

要此令

蒋中正

中华民国十五年九月六日午前六时三十分发

次早（六日）伍即遣人将命令飞送到天和墟来，大家都知道伍胡子假冒蒋中正的名义发命令下来缚束军队的。雷营长也只有按兵不动，听候上峰命令行事罢了。

但是民团则乘此军队不敢擅进的时候，复到处纵火焚杀，革命军全营官佐士兵，愤激非常，说道："我们背上着革命军三个大字，写自愿牺牲一切，为民除害，现在眼白白看着万恶的团匪，焚杀那可怜的农友，我们都是农民出身，他们何常不是我们自己一样？设身处地，这种痛苦，谁能忍受！？这胡子真是天良丧尽！临回广州，还要假我们蒋总司令名字下道命令！这是伍观琪代理蒋总司令吗？讲什么农工政策！说什么革命！孙总理廖党代表无论那一个不死都好，一定会把胡子枪毙！"一些兵士们、农友们在草地上坐的卧的发脾气似的这样呢呢喃喃！

172

是日早，开了一个农工商学兵联欢大会，兵士除了放步哨之外，皆参加，农民到了很多，商家也尽出，兵士们，农友们，商民们，皆痛快淋漓吐了一大堆不平的话。尤以雷营长之演说，处处站在革命的观点去分析花县的惨案，大意如：第一点，这次惨案，并不是农民两团的械斗，而是农村反革命势力劣绅土豪包办的民团向革命势力的农民协会进攻，不过农会有了几个农军可以抵抗一下，反动派就说是械斗，倘若商民去抵抗也说是械斗吗？第二点，民团勾结土匪是有铁证，说双方勾结土匪，完全是反革命派的口号。第三点，团匪打革命军，非有政治作用不敢如此猖獗。江侠庵是陈炯明的走狗，他们是要扰乱北伐后方。第四点，我们革命军是武装的党员，只有站在革命战线上一直向前奋斗，为民众利益而牺牲。

群众听了雷营长的演说词，都鼓掌如雷，欢呼革命军人万岁！农商兵大联合万岁！国民革命成功万岁！

是日伍观琪先回广州，他回时，除了几个护弁之外，还有二十余个民团护送他（老伍出入花县都由民团保护他），花县县长李思辕也和他一块回来。

<h2 style="text-align:center">八</h2>

第一军第二十师师长接到雷营长的报告，即转呈总司令部李总参谋长，李总参谋长乃派该师参谋长朱棠，六十团团长李皋，率该团第一营及机关炮连赴花县。

九日下午，六十团第一营部队出发，是晚，宿新街站。

十日下午四时许，朱参谋长李团长与总司令部特派员刘伟山等始到新街。军队是晚仍宿新街。

湃是晚去见朱参谋长，朱参谋长把这次来的意思告诉我，并说："李总参谋长提出六个条件交给我，如民团肯答应，便无问题，如不答应就打他。这六个条件限他明日（十一日）上午八时答复，已由王经舫（花县人）在广州召集同乡会去劝民团承认的。明日王君当来答复。"湃说："这六条件我是表同情的，但应该加三个条件下去，始能解决此案。"朱参谋长也承认我所提出的三条是对的。

此时雷营长有函送李团长说：

　　岳阳团长学兄钧鉴：花县总民团长江侠庵系陈炯明旧部，此次率领民团，勾结土匪，焚掠农村，洗劫商民，强奸惨杀，无恶不作，并胆敢向我军开枪射击，似此情形，实含有政治意味，作反革命行动，图扰乱我北伐后方。若认此事为民团农团纠纷，无乃题目错做！不啻对反革命派慈爱，而对革命同志摧残！弟以此种民团土匪非消灭不可。总部伍参议系民团出身，江侠庵是他的好友，民团内部的重要分子，大多数是他的学生，此种包庇团匪，养成反革命势力的份子，我革命团体中，不应该有此种人存在，弟目击心伤，忍无可忍，见土匪不打，见反革命派不消灭，见大多数群众受压迫受痛苦而不解救，还算是革命军吗？！若此事不拿革命的手段来解决，则一般民众对于革命军，对于政府，对于党，恐怕从此失尽信仰矣！弟仍驻此间待命动作，如何处置？尚祈卓裁。

敬祝

党安

雷德

九月一日

是晚我和李团长到天和墟去会雷营长，据雷营长的报告：自从伍观琪回广州下了总司令蒋中正的命令之后，匪势更为猖獗，即最靠近天和墟杨村，再被第四次的焚掠，并被他们打死一个农友，现在已抬在门口，无辜的农民被杀了不少。这次并不是民团与农会械斗，而是民团勾结土匪摧残农会；内容是有政治作用的，加以伍观琪包庇民团，故民团益有恃而无恐，事势愈弄愈大，不然给我老早解决了。

兵士们看见团长来，很喜欢的，就跑来见团长说："团长几时打？"团长说："如他们不接受条件就打他……"

十一日早八句钟过了，王经舫还未有来，等到十一时才来。他的答复，是很笼统的，大约是："条件是可答应的，先请军队到平山去。"王又对我说："昨日我和伍观琪先生到来花县，今日才下江村去。"朱参谋长，李团长，至十二时始率队进驻平山，下午三时许，到平山，见平山墟也贴起"欢迎革命军"的标语。有的兵士看见说："不打革命军便算好，何必客气来欢迎……"。

朱参谋长，李团长等即叫王经舫于明日着民团负责代表到来开会。军队是晚宿平山墟，据平山墟民说："民团已退去小垙平山乡两龙墟去了，留在平山的，只有百几十人，都是变装的……"。

在这个静候和平解决的期间，民团仍处处向农民进攻，庆隆乡有一个须子很长的八十多岁老人，在某庙做庙祝，他也不是农会的人，因为谈话抱着天理良心的去讲，稍不满于民团的暴行，卒被民团押去枪毙，身中八枪。但是农民方面，自革命军雷营长到后，绝对服从政府命令，不敢放一枪，静候政府的解决。伍观琪说农会是土匪，果然不错则中国革命的成功，应该多些这种土匪……。

九

十二日等到十一时，王经舫同民团的代表始来，农会及天和墟商民的代表今日八时已经到了，下午一时二十五分钟开会。到会者团长李皋，第二师参谋长朱棠，省农会代表彭湃，中央农民部代表邓良生，总司令部代表刘仰山，花县县长李思辕，团副廖，第一营长柏天民，第二营长雷德，王经舫，团部政治部林盎甲，花县农会代表梁伯舆，王炳坤，韦健，陈道周，刘绥华。省党部农民部代表王岳峰，花县民团代表邓维辛，江伦，刘明，范生，梁林，江耀珍。

主席朱棠与各代表向总理遗像行三鞠躬礼，并恭读总理遗嘱之后，即宣布开会理由，说："此次我奉政府的命令，来调解民团和农团的纠纷，在民团方面，太过猖獗，竟敢抗拒军队，打伤士兵，又惨杀总司令部的特派员魏尧劢。这是民团有意的反抗政府，魏特派员他是穿了军服的，当他被杀的时候，又曾声明为政府所派来的。但民团竟把他杀死，这并不能拿误会来掩饰！政府现在为体恤起见，从轻处置。民团须自知这不是政府怕你们，试问你们的实力如何？能否比得杨刘？能否比得吴佩孚？他们都被政府打倒。何况你小小民团。这次条件是总参谋长订出来的，不过惩戒你们的猖獗，以后再不得有这种行动。本来这个条件，政府必须执行，不必开什么会，因为还有些内容，恐双方仍未能明白，所以开会讨论，民团方面，无论如何，必须遵守此次条件……。"

团长李皋说："兄弟前次接到雷营长六号的报告，说民团敢打我们的革命军，我派雷营长来驻扎天和墟，是保卫地方的，有旗有军服，有徽章，难道你们认不得吗？你们竟敢向革命军进攻，打死兵士，并把总司令部特派员杀死；究是何等居心！兄弟闻讯之后，非常愤激，即拟以武力对待，当你们在天和墟打我军队之时，我认定你们是土匪，若是民团断不是如此。本来此次带兵来，即可打你们的，不过为体恤你们起见，政府上面，又得王经舫先生同你们调和，所以召集你们民团在这里和农团开会。仍把你们看作民团，或者受了土匪的利用，既是受土匪利用，也可说民团即土匪，我们的军队是打土匪的，并不是打良民的。照这样看来，即可铲除你们村庄，不过兄弟很不愿意这样办法。因此，这次调解处罚是很轻的，民团应知道自己的错，以后不用再抗政府及革命军……。"

李思辕（花县县长）说："你们民团应该知道此次的错处：雷营长来的时候，也曾通知你们，本不致误会，但你们竟敢向军队开枪杀死兵士；你们做错了事，你们应当负责。至于杀死魏特派员，他是穿军装来的，又有卫队跟随，你们竟敢杀他，这不是你们有意的？并非算为误会可了。在这北伐当中，你们竟敢有这种行为，这次团长奉政府的命令，提出条件，轻轻处罚，却是体恤你们的意思，若再不承认此种条件，政府是一定有相当的对待。至农团的代表也体恤你们，愿意和平解决，你们勿以为政府害怕，政府并不害怕的，不过体恤罢了。县长对于此事处理无权，对于以前你们又不听我的命令，你们以为军队一定会打你们的，你们要反抗他，你们这次的祸是自遭的。现在要完全负责，承认条件才能解决……。"

朱棠报告总司令部参谋长所订条件：

（一）彼此在军队未到以前，所焚之屋，一律由民团赔款补恤，每间二百元至五百元；

（二）曾开枪拒军队之村乡缴枪六成以上；

（三）被戕之魏尧劻先生，由民团补恤五千元，伤兵五百元；

（四）罚款建立魏先生之学校或图书馆五千元至一万元；

（五）交出凶手，及匪首，如不能交出，须缴花红候缉，匪首每名五百元至一千元，凶手每名三千元。

又宣布起草双方遵守条约案：

（一）遵守切结，嗣后永不得借端滋事，如违甘受严厉惩治；

（二）恪遵政府之处置，事后不得翻悔及无理要求；

（三）整理团务，清除不良分子；

（四）双方撤除步哨，非确有匪警，不得擅行召集团兵，及联合滋事；

（五）不得捏词互控，借故挑衅。

彭湃提议：

兄弟代表省农民协会调查此事，民团竟敢焚掠乡村，惨杀农民，奸淫妇女，打革命军，这种行为已经是反革命了。在革命方面说，应当铲除无遗，国民政府是很宽大的，准王经舫君所请提出条件和平解决，我们是很赞成的。不过这些条件，仍未完满，我意以为再应该增加三条：

（一）农友被民团打死者，应由民团抚恤其家属；

（二）天和墟被劫，商民损失，应由民团赔偿；

（三）平山民团应解散。

（众无异议通过）

中央党部农民部代表邓良生提议应增加条件：

（一）民团应出款抚恤难民（因为目前有许多难民没有饭吃）；

（二）民团枪枝应完全缴交；

（三）所有交款赔偿，应限日期。

第二营营长雷德说：

"这次惨案发生，事前已经提出条件和平解决，但民团都不能履行，此次政府所提条件，大概相同；民团能否照政府的条件来遵守，还未可定。因为前次所订，内中有条缴枪问题，都是要限期缴的，如不遵守，即以武力解决。以前都是这样和他订的，但不能执行，政府此次条件一切赔款缴枪等，应马上执行。"

大家发表意思完毕之后，由县长李思辕将政府及中央农民部代表邓良生，省农会代表彭湃所提出条件，一一对民团代表详细解释，并由民团代表一切承认。当议完时，缮写花县农民协会，花县民团双方遵守条件五条，在会人签名，总司令部，县署，省农会，民团各一张，另由花县农民协会，花县民团，具切结二张。由县农会，及县民团代表签字。（另录）

及写花县民团应遵守之条件时，只将总司令部提出来的条件写上，即行由民团代表签字。而将中央农民部及省农会代表，所提出之条件，置之不理，并不写上。后经邓良生，彭湃抗议，始在五条之外，添附记一条，只争得赔回天和墟商民被劫损失，及抚恤死难农友及平民家属，由调查委员会调查确定，呈报总司令部，核准转交花县县长执行。由花县民团代表等，及六十团长官，各代表等签名盖章，政府提出条件，增加附议，由民团代表审查，交六十团团长呈总司令部。所有条件，除限十四日交缴枪枝外，其余由中央农民部，县知事，县党部，县农会，民团组织调查委员会调查呈报政府办理。（散会）

条件原文：

（A）花县民团应遵之条件：

（一）彼此所被焚房屋，一律由民团赔偿抚恤，每间二百元至五百元；

（二）曾开枪拒军队之乡，缴枪六成（五十四枝限十四日午交）；

（三）被戕之官长，抚恤五千元，伤兵抚恤及建魏先生之学校或图书馆费五千至一万元；

（四）交出凶手及匪首，如不能交出，须缴花红候缉，匪首每名五百元至一千元，凶手每名三千元；

（五）订定双方遵守条约。

附记

是日决议赔偿天和墟商民损失及抚恤死难农友家属。

由调查委员会调查确定，呈报总司令部核准，交县长执行。

花县民团各代表

六十团官长及各代表签名盖章

（B）花县农会民团双方遵守条件原文：

（一）遵守切结，嗣后永不得借端滋事，如违甘受严厉惩治；

（二）恪遵政府之处置，事后不得翻悔及无理要求；

（三）整顿内务，清除不良分子；

（四）双方撤除步哨，非确有匪警，不得擅行召集团兵联合
滋事；

（五）不得捏词互控，借故挑衅；

（六）本条约自双方签字之日起，发生效力。

花县农民协会各代…………签字

花县民团各代表…………签字

六十团长官及各特派员………签字

（C）花县农会民团切结原文：

具切结人　花县十二区农民协会　等同赴
　　　　　花　县　民　团

总司令部

团长　台前为具切结事，窃此次农会民团因发生纠纷，

蒙　派员

180

县长 率队秉公处断，订立双方遵守条约，服从政府命

令，嗣后彼此遵守条件，永不借故滋事，如违甘

受严重惩办，中间冒取具结，是实。

花县十二区农民协会

花 县 民 团

这次惨案最大的祸首名单：

（一）江侠庵，江接，江英奇，杜蔚文，刘寿明，张棋，刘伯常，黄泽材，江耀中，黄鉴。

（二）从凶——江壮庵，刘玉峰，刘志强，江季瞻，江建，罗柳阶，刘泽民，江子。

（三）匪首——江锦棠，欧阳广，张九，江良。

附录花县县党部，县农民协会，及商民宣布江侠庵等罪状之标语：

请看花县民团首领江侠庵等十大罪状

一，勾结土匪；二，焚掠农村；

三，奸淫妇女；四，惨杀农民；

五，摧残党部；六，洗劫商民；

七，串通陈逆；八，扰乱后方；

九，反叛政府；十，抗革命军。

十

这个平山会议，算是把花县的偌大惨案结束了！

我们回忆前年，平山民团惨杀王福三同志一案，至今尚未完全了

结。这个平山会议，对于被民团惨杀的农友家属之抚恤问题，及天和墟商民被民团洗劫之赔偿问题，差不多为解决本案主要之条件，无论如何，总比魏尧励的纪念学校或图书馆更为十分重要，可是几乎把他掉去了，好在我们力争，而仅得在正式条件中，加以一条附记，至于何时执行，是遥无期限的。李团长以事已解决，先同驻在天和墟之第二营，先回广州，驻在平山之第一营，则迟多两天，俟民团把枪枝（五十四杆烂枪）缴出，始回原防。

广州方面，中国国民党中央党部农民部，省党部农民部及广东省农民协会，得此消息，姑无论平山会议所结果如何，另为一个问题，但是革命军第二营的官佐士兵，在这次花县惨案当中的行动，确能本着总理的农工政策，并能把军队与民众合作，殊不失为真正革命军人，所以发起欢迎大会。于十四下午一时在中央党部大礼堂举行，到会团体共六十余个，列队鱼贯入座，其中有农工商学联合会，省港罢工委员会纠察队，商民协会，劳动童子团，妇女运动讲习所，各工会商会学生会等，均手执革命标语，上书着"欢迎为大多数民众谋利益而奋斗而牺牲之革命军"的横祍。全场革命空气，非常激昂，四面高题标语，及匪团的十大罪恶等。并高题着红缎奖旗一面，旗之两傍书着："革命尚未成功，同志仍须努力"之革命的格言。中间写着："实行武力与人民合作，拥护总理农工政策。"全座不下五千余人，皆精神严壮，首由主席中央农民部长甘乃光同志宣读总理遗嘱，全场起立。（一）主席致欢迎词并授旗礼，大意讲，今天欢迎各位，是因为各位能本总理的精神，实行总理的农工政策，切实为大多数人民利益而奋斗而牺牲。（二）雷营长报告剿办花县匪团之经过，大意谓：此次奉命到花县调查民团与农民自卫军之纠纷，但到花县后，始悉此次斗争，不是平常的械斗，而是反革命势力向革命势力进攻的重大问题，并含有很大的政治作用，因匪团不但是残杀农民，而且抢掠商民；并且攻打国民政府的军队，杀死政府的人员；有意扰乱后方，破坏北伐。农民为自卫计，为保护革命基础计，故起抗敌。后始由政府及各界代表在平山会议，由民团承认处罚条件了事。（三）彭湃报告出席调查委员会调查之经过。（四）中央党部执行委员陈其瑗演说，大意谓：今次第二营官兵同志，能扫除专与革命民众农民对垒的土豪劣绅民团，为农工利益而奋斗，及实行总理遗嘱。更希望此后革命军能再有今日的热烈之欢迎，以武力与人民结合，打倒一切反革命派。次由广东各界妇女联合会代表刘蘅静，广东妇女协会代表区梦觉，二十师政治部代表，商民协会代表，省农民协会代表阮啸仙继续演讲，均能发挥尽致，证明此次惨案却不是农民与民团械斗的简单问题，而是革命势力与反革命势力斗争的问题。讲毕，高呼口号：打倒帝国主义！打倒军阀！打倒土豪劣绅！肃清花县匪团！拥护本党农工政策！农民万岁！国民党万岁！后齐到东较场撮影以留纪念，并由各界代表团体列队欢送该营官兵到大东路营部，沿途高呼口号，时将入夜，始尽欢而散。

可是我们一面极其热烈的欢迎革命军，而花县的团匪有意背约，又再攻杀农民。十四日军队离花县，未有二小时之久，而团匪第二次惨杀，即行开始！据报十四日下午二时，农会会员江金骥会同伙计一人，及福兴伙计一人往石角墟买卖，返至马田村茶亭，被驻象山团匪，截击江金骥，当场毙命，财物全被抢去，其余二人，幸得逃脱。同日珠坎湖农友，从象山墟南返至离北闸里之田心庄，被民团用刺刀伤其臂部三处，又将象山乡农会挑花生往象山墟发卖之妇女，连人带货抢去。同日晚，陶塘农会之会员住屋二所，被象山民团焚烧一空，又大成庄及岭屈二处，皆惨被击，幸未被攻入。各处被劫，乡村农民，不得回家安业。若暗回，为民团所知则到屋搜索，拳驱枪击，虽妇孺亦不能免。以致难民散离家宅，或为流氓，或逃广州省农会处，其苦痛殊形凄惨。现民团仍造谣威吓，说吴佩孚胜利，陈炯明回粤，一切工会已被解散，凡属农会会员定要枪毙等等。又一报告说该县民团总长江侠庵等，与象山著匪江锦棠，尚不遗余力的纠率匪团到有农会之村，大肆骚扰，掳人勒赎，情形更为猖獗。本月十六日，为象山墟墟期，团匪在墟场，大行搜索，凡是农会中人，或稍为接近农会者，必受其拘拿，当时被拉去王池，茹炳，孔容，先枪毙茹炳一人。十九日团数十人蜂拥入杨村，欧阳屋（村名），欲大施劫掠不遂，后烧去农屋一间而去。二十一早，复有团匪数十人攻打杨村上社，当时幸农军戒备周密，匪见势不能支持，自行引退。是日上午十一时许，九湖村附近，米坳村会员王活才，车谷运去石角墟发卖，被李溪团匪数十人截劫，复将王打至半死，始行释放。下午五时，又有田美团匪连上番禺雅瑶乡一带团匪约百余名，到横泽墟齐集，欲往别村图劫，时横潭东门桥有小贩某，挑货经过，亦被团匪截劫，将银两各物，搜取一空，复将其杀死桥上。是晚团匪在该墟住宿，全墟商民，甚为慌恐，均扶老携幼，搬运细软贵物他去。至新民埠方面，闻横潭人逃避，因而商人通通搬货逃避。又二十一日早李溪团匪百余名，到土湖冈将全乡包围，拉去农会会员陈某而去。是日下午，田螺湖附近，有妇人担鸡经过，亦被西岭乡之团匪抢劫，诸如此类之事，书不胜书。总之，自革命军撤退后，花县团匪，到处焚劫掳杀，无所不至，不单农民受害，即各界亦不蒙其祸。且团匪连日输运枪械，预备再演更大的惨杀了。

十一

一切参加国民革命的人们！你们不想国民革命得到稍进一步的

成功那就不用说，如果你们很积极的很坚决的，欲促进国民革命成功，那么，你们就不好把花县的惨案轻轻的看过，或者当他作一篇无聊的小说读，那就糟了。我们从这个花县的惨案当中，至少使我们可得到以下几个教训：第一，就是广东的国民革命的进展，已转入一个新的形势，广东革命的民众，不但只是晓得肃清广东内部的军阀就算数，并且已晓得非把农村中反革命军阀的根苗铲除不可。所以革命的斗争，由都市而转入于农村，现在正是农村中革命势力与反革命势力不断的冲突到最利害的时期。在这个斗争的阵线中，农村的大多数农民，工人，小商人，觉悟的学生，国民党左派的分子，及军人，团结在革命的一边。劣绅，土豪，恶地主，国民党右派，及贪官污吏，逆党匪棍，民团，站在反革命的一边。前者是大多数人，是被压迫者，后者是少数人，是压迫者。这两种势力的斗争，差不多广东九十四县都有这种情形，尤其是花县惨案，是一个很明显的事实。第二，便是国民政府的态度问题，我们相信国民政府是中国国民党所指导，当然是依照党纲，政策，去努力实现的。我们正听见农工厅长刘纪文之破坏曲江县之农民运动，已是一个很严重的问题。在这次花县的惨案当中，差不多使民众对于国民政府处置此案的态度，连眼花都看乱了。好像国民革命军第二营，他是能够在民众革命力量影响之下去和民众合作，站在革命的一边，与民众共除痛苦。同时总司令部参议，并且可以代理蒋总司令署名颁发命令的大权之伍观琪先生，则站在反革命的一边，去包庇匪团，不惜牺牲人民的利益，放出甚么"民农两团的械斗"，"民农两团都有勾结土匪"，"民团抢天和墟是误会"，"民团打革命军也是误会"的狗屁！我们看雷营长致李团长的函中，有几句很痛心的话，是值得我们注意的，他说："总司令部伍参议系民团出身，江侠庵的好友，民团重要的分子大都是他的学生，此种包庇民团养成反革命势力的分子，我革命团体中不应有此种人存在。弟目击心伤！忍无可忍！见团匪不打，见反革命派不消灭，见大多数民众受压迫受痛苦而不能解教！还是革命军吗？！若此事不以革命的手段来解决，则一般民众对于革命军，对于政府，对于党，恐怕从此失尽信仰矣！"雷营长这几句话不但发表他个人的愤怒，并且可以代表他全营士兵的意见。至于民众方面之愤激，怨恨，和对于国民政府的怀疑，则更有甚焉。第三，我们是要晓得革命势力与反革命势力的斗争，非等反革命势力完全肃清以前，这种斗争或明或暗，是不会停止的。所以一个和平的会议，提出几个条件签签字，固然在暂时可以敷衍一下。但反革命仍是在可能的时候，向革命的势力来进攻的。平山和平会议刚闭会，而民团第二次的杀即已开始，这是必然的而最明显的事实。唯有我们真正革命的份子站定革命的一边，去消灭一切的反革命势力。尤其是国民政府更应该把里面的贪官污吏加以肃清，而站在革命这一边。积极的去保障民众的集会自由，尤其是农民协会的组织。在目前至少须使农民得到减少重租和高利剥削之痛苦，镇压农村的反革命势力，那么国民革命的前途，才有些希望！

十五，十八日，于广州

《人民周刊》第 23 至 24 期，1926 年 9 月 20 日至 10 月 2 日

在海丰县工农兵代表
大会上的政治报告

　　大家兄弟，大家同志，今日照议事日程，作政治报告。作政治报告，就是把全世界的事情，报告给大家知道。现在将我的报告分作四部分：一，外国，二，中国，三，广东，四，海陆丰。

　　全世界约十五万万人，其中分为两种。一种发财人——资本家、地主，一种是穷苦人——工人、农民。这两种人究竟那一种多？是有钱的多还是无钱的多呢？就是无钱的多，有钱的少，无钱的十居九人，有钱的只有一人。现在是一个有钱的人欺负九个无钱的人，但是无钱的人，不愿受他的欺负，起来反抗他，这就叫做阶级斗争。

　　这种阶级斗争，自盘古氏开天，直到现在，还没有停止。这是什么原因呢？因为世界上各国——英美法日意……等国的贫人，不晓得大家联合起来，只有各个各个的去和有钱的斗争，没有大的力量，不能把少数的有钱人扑灭，所以斗争直到现在。

　　八十年前有一位老先生——马克斯，他看见这种情形，知道无钱的人要得到胜利，是要大家大联合起来，所以他叫一句口号：全世界的劳动者联合起来。今天，大家代表，来这里开会，就是要团结我们工农兵力量，和有钱的人斗争，并不是张贴标语、讲几句闲话，就算了事。今天政治报告，所以要说番鬼的事，就是要说他和有钱人斗争的事来给我们参考。世界上有几个大国，小的不要说了，现在把英国、美国、日本、意国、法国，几个大国来说说：英国，一个大国，英国

187

资本家，是很有力量的，他一方面有工厂，一方面有田地，所以他兼有大地主的性质，一方面压迫工人，一方面压迫农民。他压迫工人怎样呢？请大家将身上衣服看一看，其中多数是英国来的，衫袋里的东西，还有许多是英国来的，英国许多工厂，用机器制造东西，出品非常的快，非常的多。他为什么要装出这么多的东西呢？就是因为要赚大钱，为他要赚大钱，所以尽量压迫工人去做工，到了出品过多销售不去的时候，就将工厂关起来，将工人逐出去。他若不将工人逐出去就要亏本，等到货物卖完了，才叫工人复工。这些工人贫得剩两只脚和两只手，工场闭门，便插起手来忍饥挨饿，东张西望，总是找不着一些什么。因此他们当饿到不得了的时候，就知道联合起来组织工会和资本家斗争。但是英国的资本家看见工人有这样团结力量就骇怕起来，想出种种法子，来欺骗工人，对着工人说：我们都是英国人是很相好的，有什么都可以商量的，因此工人常常受他们欺骗去和他妥协把自己穷得要死。马克斯先生当时带着一个望远镜，看得加倍清楚，组织一个共产党，领导全世界的工人和农民，去和有钱人斗争，没有分别什么国界的，唤醒全世界的工人、农民，再不要受有钱人欺骗。

英国的资本家，对待工人这样，但是他们对待农民怎样呢？他用资本把农民的土地买得很多，把田壘掘掉，联成大大丘的田，用大机器来耕种。他们犁田的时候，用着个像不不车①的东西，后面拖着犁，只用一个人，不消半天，就可把几十丘的田犁完了。割禾的时候用着一个机器，像挥头毛②一样，一点钟就可把几十丘的禾割起来，挨砻呀舂米呀……通通都机器。因为这样，耕田的人失业，没有土地的，一天一天增多。这些失业没有土地的人，便跑到伦敦去做工，找

---

① 不不车，海丰方言，指汽车。"像不不车的东西"，指拖拉机。
② 挥头毛，即理发。

寻工作的人既多，工价便大大的低落，因此工人失业的更多。因此工人农人渐渐觉悟起来，会联合起来，时常发生罢工的事情。

以上是英国的情形，其他像美国、日本、法国、意国，大概都是一样，这叫做"到处杨梅一样花"，只有俄国，不是这样。俄国是一个大国，他的耕田人非常的多，十年前，也是和我们中国一样，受着有钱人欺负，过那奴隶牛马的生活，耕田人要卖田给资本家的时候，就要人和田一同卖。去但十年前有一位列宁先生，他是马克斯先生的高足弟子，看见这种情形，就在俄国中组织一个共产党。原来共产党国际组织，到了列宁先生的手里，全世界共产党，就像蜘蛛网一样。俄国就是一个网心，列宁先生就是一个蜘蛛，指挥全世界的工人、农民。共产党的大本营在莫斯科，叫做第三国际。列宁先生对俄国农人说：俄国的土地，是我们农民的，千几百年前的时候，有钱人是从我们老祖公手里抢去的，现在我们要和他夺回来。列宁从此他就领导俄国工人、农民，从资本家阶级手里，夺回政权，把土地分给农民，把工厂分给工人，组织一个苏维埃政府，政府的委员，都是工人和农民做的。

有了政府，列宁先生还以为不够，还要组织赤军，和我们的工农革命军一样，大家都武装起来，和敌人冲击。他打仗的时候，是有进无退的，所以没有几年把反革命派杀尽，政权就由工人农民兵士，举出人来打理。他的法律，是没有什么详细的，反动的就杀，他的工人农民，不用报告什么工会农会政府……，可把土豪劣绅地主资本家杀却，所以俄国的地主资本家及一切反革命派没有一个存在。所以俄国政府，十年来很稳固，像铁桶江山一样。俄国共产党，把农村田垦铲除去，分配给农民，耕田都用机器，加倍便利。所以农民就有时间可以娱乐，出产又很丰富，生活宽裕起来。从前没有书读的，现在就有书读了，俄国的人现在通通都识字，也能够演说，也能够看报纸，也能够……比从前连自己的名也写不出的时候，大大不同。第三国际，现在还有力量帮助各国的革命，他的目的，就是要使全世界的工人农民，通通都得到解放，和俄国一样。但是，各国的有钱佬和资产阶级的政府看见俄国这样都骇怕起来，像怕老虎一样，惊到通身发抖，对着他国内穷人说：俄国共产党是骗人的，大家不要受他的骗，因此各国未觉悟的工人、农民就被有钱佬和他们的政府迷惑着，但觉悟的工人农民也能知道俄国共产党的真意，接受他的言论，去和资产阶级奋斗。总括来说，要在各国的工农大多数都知道列宁所建设的第三国际是对的，多数起来和他们国内有钱的人斗争到底，胜利终是贫人的，只看贫人团结的力量怎样。

世界的情形说完了，现在来说中国的情形。中国是一个大国，地方很阔，出产很多，中国的革命能成功，对外国的贫人是非常有益的。因为中国是番鬼的退步，番鬼如果给国内的贫人打败，就到中国来，所以番鬼是侵略中国的。如果中国革命成功番鬼就没有退步，资本家在世界上没有立足的地方，所以中国革命和外国很有关系的。但是中国十六年前，孙中山就叱出革命，革命革来革去，革出几个军阀来发财，如陈炯明，汪精卫，蒋介石，李济深，唐生智，孙科一般人，都发财到肚肿肿，工人农民只有出钱。国民党说：现在要北伐，你们要帮助我的军饷，我要拥护工人、农民的利益，但结果总是骗人的话。工人要求加薪，农民要求减租，国民党就替有钱人来屠杀工人农民，所以国民党变成资产阶级反动的党了。国民党现在里头有许多新军阀，变做四分五裂，汪精卫们在湖北组织一个政府，蒋介石、白崇禧们在南京组织一个政府。李济深在广东独立，又不受武汉政府的命令，又不受南京政府的命令，只是一味屠杀工人农民。冯玉祥与唐生智不对，霸占河南，勒军饷派公债，河南的地主土豪劣绅，是他的走狗，替他去剥削工农。冯玉祥开口还说着三民主义，拥护农工。蒋介石也是这样。唐生智，朱培德也是这样。工人农民有什么要求，他就说共产党捣乱，农匪猖獗，做出清党运动，到处封闭工会农会，看着做工运农运的同志，拿着便加一过激的罪名，拿去屠杀，监禁，甚至暗中拿去沉海的，也不知多少。蒋介石给李宗仁白崇禧推倒了，现在逃在日本，积极和日本帝国主义妥协，图谋恢复从前位置。汪精卫初时还是要和共产党合作，在武汉政府时，曾反对南京政府，免蒋介石总司令之职。后来受有钱人运动，也居然背叛革命，和蒋介石等妥协，实行国共分家，做出"汉宁合作"等狡猾手段，纵唐生智等在湖南，湖北屠杀工人农民至万余人之多。张作霖在北京做皇帝，看见冯玉祥，唐生智，蒋介石挂着三民主义招牌，可以欺骗民众，他也赞成三民主义，但事实上残杀工人农民，比汪蒋一般人更加利害。但是工人农民不是永久受人欺骗的，现在也知道国民党是反革命的党，都起来反对他，唤出一个口号：打倒残杀工农的国民党！（全场鼓掌）

中国共产党，看见国民党的头目都已背叛革命，遂领导一般勇敢的工人、农民、兵士和国民党斗争，并知道国民党的军阀，所以能稳固是有一般地主土豪劣绅资本家等做他的墙脚，所以持出一个政纲"实行土地革命！"土地革命！所以打倒地主，及土豪劣绅资本家，即所以打倒军阀，也即所以打倒帝国主义。我们工农兵团结就有力量，军阀及一切的反革命派都能够消灭的。湖南湖北的农民，这几个月来，到处都有暴动，他对待地主，用一种极痛快的手段叫做"戴高帽"——我们海陆丰还没有做到，——他们拿着地主，便把他来擦面，糊一顶高高的纸帽，写明地主的姓名，戴在地主头上，游行示众，跟着还有村中儿童，手里都执着青竹枝乱嘶乱打，有的还鸣锣高呼口号，然后在稠人广众之中，执行枪决。这是我亲眼所看的。他们这样杀却地主，总计有万余人之多。总之——中国反革命的潮流一天天的高涨，同时革命的势力也一天天的高涨，我们全国的工农群众，

191

能够像湖南、湖北的农民一样，反革命的势力不久就可以肃清了。这就是中国的情形。

现在说到广东的情形。广东的情形，可从北江说起。北江这几个月来，铁路工人都觉悟起来，时常破坏铁路，断绝反革命派的交通，农民也有暴动，实行分土地焚契约，现在有千余工农革命军和资本家打仗，工农革命军愈战愈多，资本家愈战愈少。南路和北江一样。琼崖被我工农革命军占领的有五六县，都组织苏维埃政府。西江如广宁高要农民，时常暴动杀土豪劣绅，和军队打仗，军队退时，就占据城市，军队所在地方，农民工人，都〔和〕他经济绝交，军队所在的地方，没有一些东西可买，而且一夜数惊，所以军队不敢久住就退却了！最近李济深，张发奎，因互争地盘预备作战，李济深部队虽多一点，但是他较戆，一味残杀工人、农民。张发奎的部队，虽然较少，但是他利害一点，能够和工人、农民妥协。从前李济深清党运动所拘捕的人，被他释放了千余人。他这种手段，是暂时欺骗农工的，并不是好意，但广东工农群众，被军阀欺骗了好多次，现在已有觉悟，无论李济深也好，张发奎也好，却都认他是敌人，准备着和他们斗争了！广东的工农群众，受李济深秘密的、公开的杀了几千人，但他们还是很勇敢不怕死的和他们奋斗。有一回，广州有一个劳动童子团团员，在市上散发共产党传单，被李济深军队拿着，押去打靶时①，坐在不不车顶，神色非常快乐，高呼着共产党万岁的口号，这便可证明工人的心理，及不断的和军阀斗争的精神了！东江方面，普宁县乡村全部都是我们的势力，只有县城，才为逆军所占，至第四区、第一区农军，几次发生暴动，已经得到相当的胜利。潮阳揭阳各县斗争形势，大概也是这样。至五华，安流一带，全为我们势力，县城内虽反

---

① 打靶，即枪毙。

动，但势力非常稀少。汕头工人农民，也有相当的觉悟，月前叶贺占领汕头，不久虽然退却，但两师人在闽边，仍保全实力。这是广东的情形。

再次说海陆丰情形。这回海丰工农群众和敌人斗争，确实英勇，不但广东难比，即在全中国全世界也难得。当刘秉粹、陈学顺入海丰的时候，表面上的政权虽然在反革命派的手里，但实际上工农群众的势力，依旧没有损失，潜在乡村中活动。一般做工农运动的同志，潜在乡村，都能领导一部分最勇敢的农民兄弟攻打城市，农民兄弟不时也能在田头垄尾，山径穷途，掳掠和逆军收捐等职员去枪决或沉海，使得刘秉粹、陈学顺等，坐卧不安，夜里心肝卜卜跳。计算这回逆军入海丰，约有六个月之久，在这六月当中，刘秉粹，赖俊华，陈学顺，戴可雄，陈祖彝，欧阳洸，这般人，虽然尽力牵猪掠牛，刣人烧厝①，但农民反抗的风潮愈烈，各处都起来暴动，兼之中华革命委员会派来的军队②帮助，所以能够把县城及各区的民团、保安队、土豪劣绅等逐走，或者杀掉。

现在已经重新占领海丰城了！海丰已经成为工农的海丰了！不过还有一点缺点，就是放走了反动派，不能在逆军未退时候，把一切反动派杀尽。陆丰情形更坏，陆丰的农民兄弟，听见人说土地革命焚烧田契，都是不甚明瞭，有所顾忌，对于土豪劣绅有着仁慈的心肝，所以陆丰的反动派好多藏匿在乡下，能够安然无事。只有金厢河田的农民，像海丰一样。这是因为宣传工作未普遍，所以陆丰最大问题，就是农民不能杀土豪劣绅。海丰现在最大问题，就是应如何扩充军队去帮助普宁陆丰。至于亲手杀戮土豪劣绅，及搜查契约，掘除田垄，

---

① 刣人烧厝，海丰方言，意即杀人放火。
② 指八一南昌起义后进入海陆丰的起义军。

这也是农民兄弟目前重要工作，应该决心去做的。

以上对于世界，中国，广东，海陆丰情形，大略已经说过了！总括说一句：外国的有钱人和无钱人中国的有钱人，和无钱人，统统都发生斗争，广东的斗争更加利害，海陆丰，已把有钱人赶出去！现在有钱的人，愈战愈少，无钱的人，愈战愈多，革命成功就在目前了！各位代表试看，我工农革命军，占领海丰，海丰的情形，便焕然一变。这几天开大会，更加不同。满天的红旗招展，马克斯马路，列宁马路，中山马路，两旁都写着红字的标语。我们的会场、墙壁，样样都网着红布，盖会场的也都用红布，居然把全城，变做红色的海丰。一般贫苦民众，个个兴高彩烈，欢欣鼓舞，俨然是过新年一样。往常将过新年的时候，我们一般的贫苦的兄弟，愁着米，愁着柴，愁着鱼，愁着蚶，愁着猪肉，手里没有钱，持着篮子在路上思索，不幸给债主看见，便被他一把扯住，三下拳头，四下巴掌，打得双眼垂泪，哀求财主饶命。乡下的农民兄弟，也是一样，无谷还租，年边田主追讨更紧，要是不还，虎佃吞租①四字便进入衙门去了！恶吏下乡，四处搜索，农民只好跑去蔗脚藏匿，现在就不同了！现在海丰已经克复，建立了苏维埃政权，取消了一切债务，把土地归农，工厂归工。农民收获都归自己，拿着土豪劣绅就刮，拿着地主、资本家就杀，还要召集全县的工农兵开一个代表大会，打算实行土地革命的事宜，斟酌自己的利益，所以这个新年，比往年更加大。（全场鼓掌）从此以后，我们日日都是过新年（鼓掌），从此以后，我们若能很坚决的大杀土豪、劣绅、地主、资本家，把一切的反革命派杀得清清楚楚，把一切田契租簿烧掉，明年便可分配土地，后年便可从外国买大机器来耕，大后年便可于各乡村建设电灯，自来水，娱乐场，学校，图书馆……

---

① 虎佃吞租，是说像老虎那样凶恶，把租谷都吞没了。这是地主诬告农民不交租。

我们的新年愈过愈大！（鼓掌）不过这种目的，能够达到不达到，全看我们工农兵团结的力量怎样吧了！（掌声不绝）。

《海丰县工农兵代表大会会场特刊》第 2 号

1927 年 11 月 19 日

讲　演

在纪念马克思大会上的开会词

在一百〇七年前的今日，是世界革命领导者马克思诞生日，我们今天纪念他，是有很重大的意义。我们知道：马克思是无产阶级革命的理论家，同时又是无产阶级革命的实行家，他指示我们国际资本帝国主义之必然崩溃；他告诉我们只有全世界无产阶级团结联合起来，才能够打倒国际资本帝国主义。只有全世界无产阶级联合起来打倒帝国主义，才能够求得自身的解放，建设无产阶级所需要的共产社会。所以我们今天来纪念他，不仅只信仰他的主义便够了，我们要努力去做实际运动，使马克思主义实现，这才不辜负今天的纪念会。我们应高呼全世界无产阶级联合起来！世界革命成功万岁！共产主义万岁！

《工人之路特号》第 313 期，1926 年 5 月 8 日

在第六届农民运动讲习所的讲演^①

一、广东农民生活状况

关于东、西、北三江地方的农民生活状况：普通以为凡居乡间的都叫农人，其实不然的。农有自耕农，佃农，半自耕农等。而此中以佃农为最多，居全数之半，次多是自耕农，半自耕农最少。自耕农等的生活可以自主的，近数年来渐渐的困苦了。因为他们把土地卖于地主了，他的收入不敷支出，只得于卖出产品外，变卖土地了。据由乡间调查所得，二十年前自耕农有十多家，现在只有三、四家了。从前读书的，现在成了失学者了。从前衣服很好的，现在都没有了。乡间娶老婆的，从前很多的，并且用轿子大锣大鼓，热闹非常，现在讨老婆的就非常的少了。自耕农除耕种不足谋生活外，又种别的菜蔬贩卖了，以补不足。又造许多的糖，——东江地方——贩卖，出口总额，年约二十万，这是自耕农所能收到的余款了。佃农，半自耕农所出产的，不足供养自己，地主也是很知道的。二十年前的地主，现在更发达了。在广东地方，农民向地主租田，每亩地至少出四五石的租，而农民不详加计算，糊涂过去。但是他们的习惯，在地主之下，受苦无论如何

---

① 这是广州第六届农民运动讲习所学员冯文江听彭湃同志讲演的笔记。

的大，他不愿弃耕作而他往的。他们每天工作没一定的时间，有一天自早至晚工作不已，有一天尽休息不作一时的工。如东江地方，农民每年种地，若除肥料种子等费外，几无剩余的，多是亏本的事情。农民的耕作为什么有很大的亏本而不改业呢？农民是在乡村间以土地讨饭吃的，如鱼靠水池的水生活一样，所以他们生活在田地之上的。现在不能生活，为什么不跑呢，就如池中水尽，鱼只有死在池内不能逃的，农民是无处可逃的，逃出来也是不能谋生活的。我们到乡间看农民所耕的田，不足谋生活，他只得作些副业，如妇人养鸡，或农夫卖孩子、为人跑路等等，把所得的钱，以补不足。但是这所得的，费到地中的肥料等用，钱又跑了，不得不再设法，典当自己的衣服等。若再不够了，把所有的物品一概当了，这是一种方法。但是当完了，卖光了，他们就想出一个很不好的方法，就是压迫他的父母妻子。平时待他的父母，是很恭顺的，但是现在对他的父母就不好的了，若有吃饭时，就将饭吊了，用一大坛将钱蓄起来。把父母置到一边，苛待起来了。对他的老婆比较好些，将她叫来，问她你若愿意将衣服当了，就能维持下去。不然，就要分离了。他的老婆不得不叫他当衣的，但是一当，不能赎回来了。平时待孩子非常好的，衣服穿的很好的，送学读书。到没钱时，就将他的衣服脱了，好食物吊了，不供养好的食物的，于是小孩的身体，必不能有很好的发育，肚子大，臂细，屁股小。这些农人若被地主债主逼迫过甚，不得不嫁妻鬻子以偿还债务，这是很惨苦的一回事。农人把孩子卖了，竟以为我到地主家将卖孩子的苦衷告诉他，他或者叫我少还些，所余的我还可以用。翌日到了地主家，将这卖孩子的事告给地主，请他少收些。地主说：你这种事有两点好处：（一）你这人是很忠诚的，下年的地，一定还给你种。（二）你卖了孩子一方面可以还债，一方面可以减少负担，下次再不至受孩子的累。农夫回去，妻嫁了，孩子卖了，所需钱没少还，怎能不伤心呢？

二、作农民运动应注意之点如下：

（一）要吃苦，忠诚勇敢，受党的指导。

（二）要从下部工作做起，很谦逊，不要摆出高贵的架子。

（三）要明白农民的生活状况及其心理（凡同情者，乃革命者）。

（四）与农民交接应严密，然决不可生金钱关系。

（五）不要贪恋农民妇女（决不要谈新思潮，——自由，平等）。

（六）不要谈迷信。

（七）不要偷懒（要宣传每个农民，使其团结起来）。

（八）不要出无谓的风头，夸自己能干；自己有力量功劳，要归功于农民群众才好。

（九）谈话不要深奥，用俗语，且要耐烦。

（十）利用绅士一时，用后置之不论。

（十一）初次与农民谈话，可用白话告以历史。

（十二）不要显出与农民不一律的动作。

1926 年 6 月 2 日

在海丰县工农兵代表大会
开幕式上的演说 ①

  各位亲爱的工人同志！农民同志！兵士同志！中国自从辛亥革命到现在已十六年了，在这十六年当中，完全是国民党起来领导的，他的口号有："工农群众起来革命"，"谋工农群众利益"。所以，我革命的工农群众，在他指导底下，已经作了极大的牺牲。如广东杨希闵刘震寰叛变时候，我工农群众牺牲了无数头颅，才能够把杨刘赶走。去年国民革命军北伐，也靠着我工农群众的力量，得以打到长江流域以至黄河流域。这个时候，我们便起来要求减租加薪种种运动，结果，这个要求，反被他们指为叛变，同时并说是共产党作乱，因此他就要来打倒中国的共产党，这简直就是要杀我工人农民罢了！在湖北被他杀了万余人，在湖南江西广东也给他杀了数万人。到这个时候，国民党的假面具，已揭出来了，我工人农民兵士也觉悟起来了，我们要解除痛苦，惟有团结起来，夺回一切政权，实行土地革命！

  国民党怎样残杀我工农群众，在远的地方可不必说，我们在海丰是可以看得出来的：指使民团保安队屠杀革命群众，烧屋抢产，种种行为，实已露出他反革命的真面目，故此我们就应当起来打倒压迫我们的国民党！

---

  ① 1927年11月18日，海丰县工农兵代表大会开幕，彭湃以中国共产党中央执行委员会代表身份在会上发表了这篇演说。

我们要能够免受一切痛苦，更要起来拥护中国共产党，实行土地革命；因为土地革命，是共产党目前的第一件要紧的工作。我们更要明白土地是天然的，因被地主资本家霸占，所以我们连一点田没有；他要永久的保护这土地，就组织一个政府——反动政府；他还怕政府不能尽量保护他，他又组织一种军队——军阀；而且他要保护自己的土地，还恐没有证据，又造出一种契约，于是就把土地各人瓜分起来，并划定界限、田塍。共产党对此是明明白白的，知道我工农群众要能够解放，除非把这私有制度打破是不行的，所以领导大家起来打倒反革命政府！打倒反动军队！杀尽土豪劣绅大地主！把一切契约烧掉！把田塍可以铲去者铲去！这样农民才得着真正的利益。地主资本家打倒后，同时并把一切的工厂归还工人。至于兵士呢？也有很大的利益，因为从前去当兵到年纪老了，被长官赶出来，回到家里没有工做，就要白白去饿死；现在我们夺回土地以后，就可把土地分给退伍的兵士，及其家属，使兵士可以在家里享福。故此兵士尽可去打仗，可无后顾之忧。

现在共产党已命令其党员，于最短时间，应合同工农兵去打倒一切反动政府，杀尽土豪劣绅，去焚烧契约，并怎样的去铲掉田塍。而且现在不是单单要海丰的革命成功，还要使全广东全中国全世界的革命成功！

最后一句话，现在中国反革命派，时时刻刻还想向我们进攻，我们应该起来反攻！

全世界最大力量就是我们工人农民兵，最后的胜利也是我们的！我们的口号是：工农兵团结起来！打倒大地主土豪劣绅！实行土地命！解除反动武装！一切武装交还工农兵！一切政权交还工农兵！土地革命成功万岁！世界革命成功万岁！

《海丰县工农代表大会会场特刊》第 2 号，1927 年 11 月 18

在海丰县工农兵代表大会
闭幕式上的演说

今晚的时间，是极可宝贵的，因为明早吃饱后，各人要像神仙般各归洞府了，以后要大家这样齐集，是很不易得的，所以小弟有几句幼微的话，向大家说说：我此次回家，在汕尾起船后，就看见海丰的工农兵已得到政权。但是这种政权，是由张李斗争①，陈学顺拖兵②，各反革命派逃走，才乘机会来得到政权的。不是大家执行土地革命，起来杀土豪劣绅、地主及反革命军队夺来的。这种政权很危险，我料定以后还要失败加一次，必要让反革命军队再入海丰。一般反动派——陈祖贻——等闻知得着海丰，必然跑回来屠杀我们，然后我们再暴动起来，大杀特杀，杀到他干干净净，那时所得的政权，才能够稳固，才能够万年不倒。现在各区各乡的逆党，最少还有四万人，近来不过杀去三四百人，其余还在活动哩！万一反革命军队到来，他就帮助军队，屠杀抢掠，故这个大印——苏维埃政府大印，难保不被他夺回。

但是现在还有补救，还有药医，这帖药就是刚才杨望同志③所开的。我以为这帖药还不大成功，小弟要加一帖补药，就是各代表回去

---

① 指张发奎与李济深之间的斗争。
② 陈学顺，国民党军队的团长，当时驻海丰。拖兵，当地方言，即带兵逃走的意思。
③ 杨望，中共党员，海丰县苏维埃政府主席，1928年7月在一次战斗中壮烈牺牲。

后，每人至少要杀十个反动派，每个代表必要领导农人工人去杀多十个反动派，就是每代表负责去杀二十人，三百个代表共要杀六千人。但是还不够，还剩多多，……所以一帖太少，必要食加帖，必要杀！杀！杀！杀到汕尾港马宫港的水都成赤色，各兄弟的衫裤，都给反动派的血溅得通红，我们最后一句口号：赤色万岁！

一九二七年十一月二十一日

《海丰县工农兵代表大会会场特刊》第 2 号

诗　歌

这是帝王乡

这是帝王乡，
谁敢高唱革命歌？
哦，
就是我。

劳动节歌 ①

今日何日？

"五一"劳动节，

世界劳工同盟罢工纪念日

劳动最神圣，

社会革命时机熟。

希望兄弟与姊妹，

"劳动"两字永牢记。

---

① 1922年五一劳动节前夕，彭湃在海丰各中小学教唱了这首歌，纪念五一游行时，海丰县城的师生在彭湃带领下，高唱这首歌曲。

铲除迷信

神明神明，有目不明，有耳不灵，有足不行，
终日静坐，受人奉迎。奉迎无益，不如打平。
打平打平，铲个干净。人群进化，社会文明。

田仔骂田公

冬呀！冬！冬！冬！

田仔骂田公！

田仔耕田耕到死；

田公在厝食白米！

做个（的）颠倒饿；

懒个（的）颠倒好！

是你不知想！

不是命不好！

农夫呀！醒来！

农夫呀！勿戆！

地是天作！

天还天公！

你无分！

我无分！

有来耕，

有来食！

无来耕，

就请歇！

先将约正拍死死

约正①无道理，
叫俺去送死；
俺去至大命②，
伊倒扒毫子③。
大家合起来，
先将约正拍④死死！

---

① 约正相当于乡长。
② 至大命，意即送老命。
③ 伊即他，毫子即银子。
④ 拍，潮汕方言打的意思。

农民兄弟真凄凉^①

山歌一唱闹嚷嚷，
农民兄弟真凄凉！
早晨食碗番薯粥，
夜晚食碗番薯汤。

半饥半饱饿断肠，
住间厝仔^②无有梁。
搭起两间草寮屋，
七穿八漏透月光。

---

① 这是彭湃从事农运过程中常唱的一首歌谣。
② 厝仔，即小屋仔。

无道理

无道理，无道理，
死了一个人，
吃饱通乡里①。

太不该，太不该，
地主来讨债，
孝子哭哀哀！

真可恼，真可恼，
生做个穷人，
死不当只狗。

莫烦恼，莫烦恼，
大家合起来，
打倒地主佬！
打倒地主分田地，

① 海丰旧俗：有一家死了人，亲友、邻居、村人都要来大吃一餐。为了请客，穷苦人家只得借高利贷来应付，地主乘机敲诈勒索，穷人深受其苦。

千家兴,
万家好。

起义歌 ①

我们大家来起义，

消灭恶势力！

如今大革命，

反封建，分田地，

坚决来斗争，

建设苏维埃！

工农来专政，

实行共产制，

人类庆大同，

无产阶级世界革命，

最后成功！

---

① 这是彭湃在 1927 年 11 月海陆丰第三次武装起义胜利后写的一首歌。

𠊎爱手枪和炸弹

日头出来对面山，
欢送阿郎去打战；
打了胜仗阿郎返，
𠊎①爱手枪和炸弹。

---

① 𠊎，客家方言，即"我"。

分田歌

分田地来分田地，田地分来无差异，
肥瘠先分配，远近皆一体。
不论多与寡，劳动合规矩，
且看从前旧社会，富人享福穷人死。
皆因制度坏，生出豪绅与地主，
强占天然公有地，屠杀农民肥自己。
此苦绵绵长千年，数千年来数千年，
今日劳动夺政权，打倒豪绅与地主，
还我农民自耕田。
自耕田来自耕田，还是大家努力齐向前。

抗债歌

债欠多，

田割无，

地主佬来上门讨，

讨呀，讨无钱，

牵猪剥鼎①真惨凄，

大人想去死，

奴仔②哭啼啼。

地主收租食白米，

耕田之人饿走死；

土豪劣绅来压迫，

匪军又来抢，

农民真惨凄。

一年到头食唔饱③，

镰刀放落瓮生丝。

---

① 鼎，潮州话称煮饭烧水的锅为鼎，剥鼎即把锅取走的意思。

② 奴仔，即小孩。

③ 食唔饱，吃不饱。

俺大家团结起，
土豪劣绅来压迫，
敌人敢来抢啊，
共同合力刣死伊！